Bianca

Victoria Parker

Reputación dañada

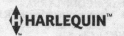

Editado por HARLEQUIN IBÉRICA, S.A.
Núñez de Balboa, 56
28001 Madrid

© 2013 Victoria Parker
© 2014 Harlequin Ibérica, S.A.
Reputación dañada, n.º 2313 - 4.6.14
Título original: A Reputation to Uphold
Publicada originalmente por Mills & Boon®, Ltd., Londres.

I.S.B.N.: 978-84-687-4181-9
Depósito legal: M-6804-2014
Editor responsable: Luis Pugni
Impresión en Black print CPI (Barcelona)
Fecha impresion para Argentina: 1.12.14
Distribuidor exclusivo para España: LOGISTA
Distribuidor para México: CODIPLYRSA
Distribuidores para Argentina: interior, BERTRAN, S.A.C. Vélez
Sársfield, 1950. Cap. Fed./ Buenos Aires y Gran Buenos Aires,
VACCARO SÁNCHEZ y Cía, S.A.

Capítulo 1

TE RUEGO que no me hagas esto, Finn. Hoy no.
Eva St George trataba de escuchar la conversación de su teléfono móvil a pesar del ruido que
había en la fiesta. Lo apretaba con fuerza contra un
oído mientras se tapaba el otro con un dedo. Esperaba
que los ruidos que se escuchaban fueran debidos a la
mala cobertura y a que su hermano estuviera aún ais-
lado por la nieve en Suiza.

–Maldita sea...

Se apartó de la pared y se abrió paso entre los gru-
pos de invitados, mujeres ataviadas con los últimos
modelos de alta costura y hombres vestidos con elegantes esmóquines. No dejaba de mirar las puertas
que la sacarían del salón de baile más prestigioso de
todo Londres.

–Finn, dame un minuto...

De los altos techos, colgaban grandes banderolas
de color sosa, adornadas con corazones de cristal, el
emblema de Unidos contra el Cáncer de Mama, la or-
ganización benéfica que Eva y Finn apoyaban. Una
noche al año, juntos, organizaban un acto para recaudar fondos en honor a su madre. En aquellos momentos, el hecho de que no estuvieran los dos era como
una aguja que se clavaba en el corazón de Eva. Abrió
la pesada puerta y salió al enorme vestíbulo.

–Está bien. Ahora puedes hablar. ¿Dónde estás?

–Mira, hermanita. Lo siento mucho. Todos los aeropuertos están cerrados. Incluso he intentado contratar un vuelo privado para estar allí, pero ni siquiera al piloto le dan permiso para despegar. Puedes hacerlo, Eva.

–Pero, Finn, nos esperan a los dos. ¿Cómo voy a poder...? –susurró en voz muy baja.

Sabía muy bien que podía hacerlo sola, pero no quería ni pensarlo. Hablar delante de cientos de personas que, sin duda, esperaban que la diva cayera en picado, no era la mejor perspectiva del mundo para ella. No solo eso. En cierto modo, le parecía como si estuvieran defraudando a su madre y, desde su muerte, Eva ya la había defraudado lo suficiente. Sin embargo, lo último que quería era que Finn se preocupara o que se sintiera culpable.

–No te preocupes, ¿de acuerdo? Puedo ocuparme de esto.

–Claro que puedes. Estamos hablando de la mujer que se acaba de ganar la admiración de Prudence West, la que muy pronto será la duquesa de Wiltshire. Por cierto, mi más sincera enhorabuena.

–Gracias, Finn. Prudence West es encantadora. Le entusiasmaron mis diseños.

–Por supuesto que sí. Cualquiera con un gramo de buen gusto podría reconocer una estrella emergente. Abadía de Westminster, ¿no? Mi hermanita junto a la realeza. Me siento tan orgulloso de ti...

Eva sonrió y pensó, no por primera vez, lo mucho que echaba de menos a su hermano. Finn era la única persona cuerda de la familia. Bueno, tan cuerda como lo podía estar un piloto de carreras.

–Veo muy bien lo que estás intentando hacer y te adoro por ello. Te ruego que me des una abadía llena

de duquesas y veré cómo encuentro el medio de des-
lumbrarlas a todas, haciendo que mis diseños hagan
realidad todos sus sueños. Sin embargo, en lo que se
refiere a esto... –dijo con un suspiro–. Papá está aquí
también, haciendo de abogado del diablo con sus exesposas mientras estas se lanzan dagas las unas a las
otras. Está haciendo el ridículo. ¿Por qué no puede
mostrar más respeto, especialmente esta noche?

–Levanta la cabeza y no le hagas ni caso.

–Eso está bien en teoría, pero no en la práctica. Me
he esforzado tanto en esto, Finn... Si algo sale mal esta
noche, mi rostro aparecerá en las portadas de todos los
periódicos sensacionalistas del país.

–Nada va a salir mal. Escucha... Estaba muy preo-
cupado por ti. Sé lo mucho que el día de hoy significa
para ti. Por eso, te he enviado...

–¿Qué es lo que me has enviado?

–Él no te molestará, pero estará a tu lado si lo necesitas.

¿Necesitar? Eva no necesitaba a nadie. ¿Para verse
defraudada continuamente? No, gracias.

Un momento... Su hermano se había referido a un
hombre. La intranquilidad se apoderó de ella y le aceleró los latidos del corazón.

–¿Él? ¿De quién estás hablando? No te oigo muy
bien.

–Yo... Le he pedido a Vitale... que ocupe mi lugar.

–¿A Dante? Ni hablar. Dile que no venga.

–¿Decirle que no vaya? A pesar de su mala reputación, no es tan fiero como lo pintan, Eva.

–Claro que lo es –replicó ella–. Es... es... es un bruto
colérico y arrogante.

–Eh, es un buen tipo. Yo le confiaría mi vida. No
me defraudará... Dante no tendría el éxito que tiene

por todo el mundo si ronroneara como un gatito. No lo conoces, Eva.

Eva estaba segura de que lo conocía lo suficiente, pero no tenía intención alguna de decírselo a Finn. Su hermano le preguntaría por qué y, entonces, ella tendría un buen problema.

Le costaba trabajo respirar. Los senos amenazaban con escapársele de los pliegues de raso color cereza. Se apretó la mano contra el vientre para tratar de tranquilizarse. Sin embargo, los dedos le temblaban tanto que tan solo consiguió ponerse más nerviosa.

—Pensaba que estaba en Singapur creando otro de sus maravillosos grandes almacenes, por si no tuviera ya bastantes...

A Finn se le daba muy bien mantenerla informada sobre los movimientos de Dante Vitale sin que ella tuviera que preguntar. A Eva le gustaba saber cuándo estaba Vitale en Londres para poder salir corriendo en la dirección opuesta.

—Ha vuelto para... —dijo. La línea telefónica empezó a irse intermitentemente. La voz iba y venía—. Yo me quedé sin pala...

—Finn, ¿sigues ahí?

La comunicación se cortó y resonó en su cabeza como un golpe mortal. Cerró los ojos. Solo Finn era capaz de echar más leña al fuego sin darse cuenta.

«Respira, Eva, respira...».

Como sabía que no le quedaba elección alguna, se irguió sobre los altísimos tacones y respiró profundamente. Por supuesto, se enfrentaría a las altas esferas de la sociedad londinense y realizaría su discurso anual. ¿Que no tenía a Finn a su lado? No le importaba. Era una mujer hecha y derecha que se estaba forjando su propio camino hacia el éxito. Acababa de fir-

mar uno de los mayores contratos de la década y se
negaba a permitir que su padre ebrio, las exesposas de
este o el todopoderoso Dante Vitale fueran testigos
de cómo se desmoronaba.

Le había costado años superar el infierno en el que
se había visto sumida después de la muerte de su madre. Por suerte, el paso del tiempo le había ayudado a
limpiar su pasado. Ya no se encontraba con horribles
portadas todas las mañanas en las que los periódicos
sensacionalistas de todo el país arruinaban su reputación. Y no pensaba regresar a aquella situación a menos
que fuera para mostrar sus creaciones y demostrarle al
mundo que era mucho más que la hija de una famosa
diseñadora y de una estrella del pop de los años 80.

Levantó la barbilla, cuadró los hombros y volvió a
entrar en la sala de baile. Hizo caso omiso al intento
de su padre por llamar su atención y se dirigió a la barra del bar.

—Agua mineral con gas, por favor —le dijo al camarero con una dulce sonrisa.

Podía hacerlo. Sin lugar a dudas.

Entonces, lo notó. Un aroma masculino cálido y
delicioso que la abrazó y devolvió la vida a todos sus
sentidos. Una vertiginosa necesidad, olvidada ya hacía
mucho tiempo, se apoderó de ella al captar el rico
acento italiano que se dirigió directamente a su cerebro en alta definición.

—Esta noche estás siendo una buena chica, ¿no, Eva?

La piel se le puso de gallina y un tórrido embrujo
se apoderó de su estómago. Tuvo que hacer un gran
esfuerzo para mantenerse erguida y respirar el suficiente oxígeno como para no desmayarse.

—Es todo por una buena causa, Dante —dijo orgullosa de la firmeza de su voz.

Entonces, movió con suavidad los pies para darse la vuelta lánguidamente. En ese momento, se dio cuenta de que ni siquiera la fuerza de Hércules podría haberla preparado.

Se enfrentó con unos ojos del color del ámbar tostado que destacaban sobre un rostro que tan solo podía haber sido descrito como de una pura belleza italiana. Piel dorada y suave y un cabello castaño claro muy abundante que le caía sobre la frente y sobre las orejas.

Eva comenzó a juguetear con el bolso para no trazar la curva de aquella boca tan hermosa y tan cínica, una boca que se había pasado gran parte de su adolescencia deseando besar.

La belleza de Dante tenía algo casi inmortal. Eva observó atentamente los anchos hombros, ceñidos por el mejor traje negro que el dinero pudiera comprar. El esmoquin tan solo servía para darle a su sofisticación una faceta cruel y salvaje.

Eva se lamió los labios porque, de repente, se le habían quedado muy secos.

–Vaya, qué sorpresa más agradable.

–Lo dudo –replicó él mirándola fijamente al rostro.

Dante Vitale era capaz de ver demasiado, y la idea de que pudiera saber lo que ella sentía en aquellos momentos, cómo le latía el corazón y cómo le hervía la sangre, la desestabilizaba completamente. Eva se había olvidado de él. Hacía ya años que él no formaba parte de su vida.

En realidad, era natural que su magnetismo siguiera afectándola de aquella manera. Probablemente, todas las mujeres de la sala lo estarían mirando. Sin embargo, Dante jamás volvería a ejercer poder alguno sobre Eva. En el pasado, su inocente y vulnerable corazón se había visto engañado, pero, en aquellos momentos, sabía perfectamente la diferencia que había entre la lujuria y el amor. Y no quería ninguna de las dos cosas. Ni de Dante ni de ningún otro hombre. Tomó el vaso de agua y agradeció el frescor que el cristal le transmitía.

–Mira, no estoy segura de lo que te contó Finn, pero no necesito que me lleven de la mano para hablar delante de unos pocos amigos. Ya tengo mis años. Por lo tanto, te sugiero que te marches a tu casa con tu última amante.

Dante Vitale era conocido por su mente privilegiada, su habilidad para los negocios y su feroz talento en el dormitorio con aventuras de una sola noche. Con la excepción de su esposa, Natalia. Si Eva no se equivocaba, su matrimonio había durado dos meses.

Lo peor de todo era que ella había estado tan prendada de él que habría aceptado una sola noche. Sin embargo, el gusto de Dante se inclinaba más por los ojos oscuros y misteriosos, por las morenas elegantes de esbeltos cuerpos. Italianas de pura cepa. No era de extrañar que nunca se hubiera fijado siquiera en Eva hasta que ella, literalmente, se había interpuesto en su camino. Y ni siquiera entonces...

El rostro comenzó a arderle al recordar aquella mortal humillación.

–Si me perdonas, tengo que atender a mis invitados –dijo.

No había conseguido ni dar siquiera dos pasos cuando una mano de acero le agarró la cintura y la acercó de nuevo a la barra del bar.

Eva se estremeció de la cabeza a los pies cuando él la conminó a que no se moviera con una mirada. Entonces, Dante pidió un whisky de malta sin apartar la mano de la cintura. Aquel ligero contacto bastó para trasladar todo el calor que se le había acumulado a Eva en el rostro a un lugar mucho más íntimo.

–¿No te parece que tu vestido es demasiado sugerente, Eva? Estamos aquí para recaudar fondos para una causa benéfica, no en un club nocturno –dijo él. A continuación, se tomó su copa de un solo trago y volvió a dejar el vaso sobre la barra.

–Mi vestido no tiene nada de malo y tú lo sabes. ¿Qué haces aquí, Dante? Comprendo lo que Finn estaba tratando de hacer. Él no tiene ni idea de lo que ocurrió, pero tú... Deberías haberte negado, sobre todo porque no puedes soportar mirarme durante más de cinco segundos.

Como para negar aquella acusación, Dante se dignó a mirarla, aunque con frío distanciamiento.

–Estoy aquí porque se lo debo a Finn. Nada más. Tal y como tú has señalado con gran exactitud, tengo cosas mucho más placenteras que hacer que cuidarte. Sin embargo, si piensas por un instante que tengo la intención de romper mi palabra, estás muy equivocada.

Eva cerró los ojos por un momento.

–Las personas cambian.

–No. Las personas no cambian nunca, en especial cuando siguen teniendo el poder de detener el tráfico.

Solo Dante era capaz de convertir un cumplido en un insulto. La miró de arriba abajo e, instantes después, siguió hablando.

–Menudo jaleo armaste en Piccadilly Circus. ¿Te gustó que te mirara todo el mundo?

–Ese cartel luminoso era una campaña para...

Dante agitó la mano para quitarle valor a sus palabras. Eva suspiró. ¿De qué servía discutir con un hombre que lo veía todo en blanco y negro? Por lo tanto, se ciñó a los hechos y rezó para que él se marchara.

–Vete a casa, Dante. No necesito guardián alguno.

–Pues yo creo que sí –replicó él. Entonces, miró el vaso de agua que ella tenía entre las manos–. Al menos no estás borracha.

Eva contuvo la respiración. ¿Cómo podía haberse creído alguna vez enamorada de aquel hombre?

–Vives anclado en el pasado. No me conoces. Hoy en día no hago más que trabajar.

–No me digas –dijo él con desprecio–. ¿Y qué trabajo es ese, Eva? –le espetó mirándole descaradamente el escote–. ¿Aparecer en las páginas de los periódicos matinales? Ahora que estoy de vuelta en Londres, ¿qué me voy a encontrar por las mañanas cuando me despierte?

Eva apretó los dientes y asió con fuerza su bolso y sintió la tentación de borrarle aquella expresión pagada de sí mismo del rostro. Sabía que no tenía sentido alguno seguir tratando de defenderse. Dante ya había tomado su decisión.

Levantó la barbilla, completamente decidida a mantenerse en su sitio. Aquella vez, no se arrepentiría.

–¿Es ese el apoyo que le prometiste a Finn? ¿Venir aquí e insultarme cuando, evidentemente, no tienes ni idea de lo que he estado haciendo durante los últimos años? ¿Arruinar la confianza que tengo en mí misma antes de tener que dar mi discurso? Muy bien. Me aseguraré de decirle el fantástico trabajo que has hecho. Ahora, aparta tus manos de mí y márchate de aquí. Después de todo, eso es lo que haces normalmente.

Dante apretó la mano sobre la cintura de Eva y sintió cómo los músculos se le tensaban. Aquellas pequeñas contracciones le aceleraron el pulso y tensó la

mandíbula. No le llevó más de un segundo conven-
cerse de que estaba malinterpretando el dolor que veía
en los ojos de Eva. Entonces, apartó la mano y la dejó
marchar.

Captó el seductor aroma que se desprendía de su
piel cuando ella se dio la vuelta para marcharse. Una
fierecilla vestida de rosa oscuro entre un mar rosado
más claro. Su puesto como fundadora de aquella or-
ganización benéfica había marcado la elección del color de su vestido.

Dante apartó la mirada de aquel trasero tan tentador y pidió otra copa de whisky de malta.

¡Maledizione! Había metido la pata hasta el fondo.
Y Eva tenía toda la razón. Le debería haber dicho a
Finn que buscara a otra persona.

La gente solía decir que la belleza de Eva no tenía
defecto alguno. Sin embargo, no era así. Los defectos
de Eva se escondían debajo de aquellas oscuras y es-
pesas pestañas y acechaban en las sombras de sus hip-
nóticos ojos verdes.

Dar por sentado que había enterrado sus recuerdos
había sido su primer error porque aún podía sentir la
cálida humedad de su blanca piel bajo los labios, un
tono puro que indicaba una inocencia encantadora que
era su más peligroso atractivo. La única verdad eran
sus curvas, que deberían ser ilegales.

Un erótico calor le inundó las venas.

Eva St George. Una *pin up* de fantasía para cualquier hombre.

Se llevó el vaso a los labios y dejó que el ámbar líquido le lubricara la garganta e inflamara un poco más
la ira que sentía en la boca del estómago. No debería
haber vuelto a tocarla. Sin embargo, si había algo que

Dante odiara, era que una mujer le diera la espalda. Era él quien se marchaba. Él tenía el control. Siempre.

No le ayudaba en absoluto que la única vez que lo había perdido hubiera sido con Eva. No importaba que insistiera en que él meramente la había estado consolando la noche del funeral del entierro de su madre. No podía olvidar que había perdido la cordura y que había estado a punto de poseerla sobre el suelo de la caseta de la piscina.

Y aquella misma noche... Ella debía de estar sufriendo mucho. Ese era el dolor que se le reflejaba en los ojos. Por eso Finn le había pedido que fuera con ella. Finn sabía que, a pesar de lo alocada que ella pudiera ser, Eva había adorado a su madre y no le resultaba agradable ver cómo ella luchaba contra su dolor. Insistía en que aquello se debía a la lealtad que sentía por su hermano. Su amigo.

Pensar en su amigo le devolvió a la sala de baile. Al presente. Tenía que olvidarse del pasado, cumplir la promesa que le había hecho a Finn y marcharse de allí. Podría ser amable al menos durante veinte minutos.

Pagó sus bebidas y se volvió para mirar a los invitados. Tardó menos de cinco segundos en encontrarla gracias al vestido que cubría su delicioso cuerpo.

En aquellos momentos, Eva tenía una copa de champán entre sus largos dedos y curvaba sus hermosos labios para atraer a otro hombre. Ella le había dicho que no la conocía, que la gente cambiaba...

Aquello no era algo que él quisiera escuchar. Durante los primeros quince años de su vida, había rezado para que su madre cambiara. Por eso, hacía años que había dejado de escuchar lo que Finn le contaba sobre su preciosa hermanita. Resultaba evidente que

Finn la quería mucho y Dante apreciaba demasiado a su amigo como para hacerle ver lo que ella era realmente.

Sacudió la cabeza y echó a andar en dirección hacia ella. Cuando llegó a su lado, Eva estaba sentada en solitario frente a una de las enormes mesas redondas. Se sentó a su lado y agarró la copa de champán que ella tenía entre las manos y se la entregó a un camarero que pasaba a su lado.

–Ya estamos otra vez...

La rubia cabeza se giró para mirarlo, haciendo así que los largos y sedosos mechones le acariciaran suavemente los hombros.

–¿Es que no eres capaz de captar una indirecta? Estoy bien. Vete a casa.

–No.

Los ojos de Eva brillaron con las primeras chispas de ira, pero ella se contuvo. Sin duda, no tenía deseo alguno de montar una escena.

–Además, ¿qué estás haciendo aquí? Pensaba que Singapur captaba toda tu atención.

–Imposible. Nada es capaz de captar toda mi atención.

–¡Qué tonta soy! ¿Cómo se me ha podido olvidar? Supongo que pensaba que con los negocios era diferente.

–Singapur supuso un gran éxito. Dos grandes almacenes en doce meses y uno de los centros comerciales más lujosos del mundo.

–Pareces desilusionado. ¿Acaso todo eso no fue suficiente?

–Jamás es suficiente.

En aquellos momentos, él tenía los ojos puestos en el premio más grande de todos. La joya de la corona

Vitale serían los grandes almacenes de Knightsbridge
que llevaba persiguiendo casi una década. Solo necesitaba convencer al vendedor de que él era la mejor
elección. El problema era que Yakatani, un testarudo
hombre de negocios japonés, quería un padre de familia, y Dante había perdido aquel barco en particular
hacía cuatro años, ondeando la bandera de la peor de
las traiciones.

–¿Y ahora qué? ¿Por qué has venido a Londres?

–¿Y por qué no?

–Sé que hay un motivo. Lo veo en tu rostro.

Eva siempre había visto demasiado.

Dante se aclaró la garganta y miró a su alrededor. Por
suerte, al ver que él no respondía, Eva dejó la conversación. Él puso su atención en el enorme jarrón que ocupaba el centro de la mesa para tratar de ignorar la sen-
sualidad que emanaba de ella. El jarrón contenía rosas
de color blanco y rosa, cada una de ellas envuelta delicadamente en gasa de color marfil y adornadas con hilos
de perlas. Casi sin darse cuenta, comenzó a imaginarse
aquellas perlas deslizándose por el cuerpo de Eva, acariciándole las largas piernas y torturándole entre ellas,
donde ella estaba caliente y húmeda...

No entendía por qué seguía sintiendo aquella fatal
atracción. Durante un instante, se preguntó si habría
emitido algún sonido. No tardó en encontrar su respuesta.

–Dante, ¿te encuentras bien?

Dante no se permitió reaccionar. Se movió lentamente en el asiento y levantó una ceja.

–Sí, por supuesto.

–Pues no me has respondido.

–Estaba considerando tu pregunta. ¿Por qué Londres? Todo se resume en una sola palabra. Hamptons.

–¿Cómo? –replicó ella muy sorprendida e interesada–. Hamptons son los grandes almacenes más hermosos del mundo entero –añadió.

Dante se permitió una ligera sonrisa y decidió que la razón del entusiasmo de Eva era la misma que la de cualquier mujer: las compras. Era el paraíso para una mujer. Para alguien como Eva, se imaginaba que la experiencia se podía comparar a un orgasmo.

Sin poder evitarlo, su imaginación se inflamó y le ofreció una erótica imagen de Eva explotando bajo sus dedos... bajo su boca, curvando su glorioso cuerpo como un arco.

Dante hizo un gesto de dolor. *Maledizione.* Necesitaba sexo para conseguir disolver la tensión de las últimas semanas. Se trataba tan solo de eso. No tenía nada que ver con ella.

–Señoras y caballeros, les ruego que den una calurosa bienvenida a nuestra cofundadora, Eva St George.

Un ruidoso aplauso retumbó en la sala. Dante vio cómo Eva palidecía.

–Eva, ¿qué te pasa?

–Nada. Estoy bien –replicó ella con tal tranquilidad que Dante pensó que se lo había imaginado todo.

–Claro que sí –afirmó él. Entonces, le indicó el podio, donde ya la estaba esperando la presentadora del evento–. Muéstrales quién es Eva St George, la princesa de la prensa.

Ella lo miró al rostro por primera vez desde que él llegó. En sus ojos se reflejaba una tempestad que apenas podía ocultar la ira que sentía. ¿Seguía enfadada con él? Dante estuvo a punto de preguntarle qué era lo que esperaba de él, pero todos los invitados la estaban aguardando.

–Lo harás bien –dijo él–. ¿Por qué te lo piensas tanto? Ve.

–No es eso –replicó ella mientras se rascaba nerviosamente el labio inferior–. Dante, escúchame. Solo te pido una cosa. ¿Lo harás?

–Tú dirás.

–¿Te importaría marcharte? Ahora mismo. Por favor.

Eva bajó del escenario esperando que las rodillas no se le doblaran. Jamás hubiera creído que fuera posible llorar y reír al mismo tiempo, pero acababa de comprobarlo. Lo único que había tenido que hacer era subirse a aquel escenario ante cientos de personas y sincerarse.

Y lo había hecho.

Entre aplausos, agarró la barandilla y bajó los escalones. De reojo, vio que su padre la llamaba. Sintió la tentación de acercarse a él, pero al ver a Claire, su esposa número seis, fingió que no le había visto. Sentía una gran felicidad en el pecho y no quería que aquella mujer se lo estropeara todo.

Después de dar la mano a algunos de los asistentes, se dirigió hacia la terraza. Necesitaba tomarse diez minutos de paz y tranquilidad. Apartó las lujosas cortinas de brocado y salió al exterior. Entonces, cerró la puerta suavemente a sus espaldas.

El gélido aire de la noche la envolvió. Todo había terminado para la muchacha a la que las multitudes siempre le habían resultado tan intimidantes. Deseó que su madre hubiera podido verla...

Se abrazó para protegerse del frío y miró al cielo. Centró la mirada en la estrella más grande y recordó las palabras que repetía cada año en aquella misma noche.

«Te echo de menos. He cometido errores, muchos errores, pero estoy tratando de salir adelante. Hacer algo con mi vida. Ser la persona que tú sabías que yo podía ser. Y te juro que conseguiré que te sientas orgullosa aunque eso sea lo último que haga».

Cerró los ojos y se perdió en el tiempo, recordando cómo su madre le enseñó a trabajar con los dedos. Cómo coser una hermosa perla sobre la seda y crear algo que podía convertirse en el sueño de una persona, llenarla de romance, belleza y amor, todas las cosas que ella jamás podría tener. Era su único don. Igual que su madre lo había hecho por mujeres de todo el mundo hasta que las sombras de lo oscuro habían acudido a llamar a su puerta.

Dante.

Por suerte, se había marchado antes. Pensar en que él hubiera podido estar observándola...

—Eva.

Se tensó y se dio la vuelta al escuchar la familiar voz.

—Dante —susurró—. Pensaba que te habías marchado. Te pedí que lo hicieras.

—Le di mi palabra a Finn.

—Entonces, ¿has estado ahí todo el tiempo?

—Como te dije antes, le prometí a Finn que estaría a tu lado si me necesitabas.

«Te necesité una vez. Y te marchaste».

Como si los últimos cinco años hubieran desaparecido, Eva comenzó a experimentar los mismos pensamientos. Las imágenes volvieron a repetirse como si fueran las de una película en blanco y negro. «Abrázame. Tócame. Poséeme».

–No necesito a nadie –replicó.

Dante no respondió. Se limitó a mirar hacia el jardín, sobre el que la espesa bruma pendía como si fuera un espeso velo. Entonces, se giró hacia ella y cerró la breve distancia que los separaba. A través de la tenue luz, Eva no podía distinguir la expresión del rostro de él, pero el calor que emanaba de su cuerpo provocaba el caos en sus sentidos.

–Ha sido un buen discurso, Eva –dijo él con voz profunda–. Tu madre estaría muy orgullosa de ti.

–Gracias –replicó ella tratando de no desmoronarse. Si Dante no se marchaba pronto, iba a...

Él gruñó, como si entendiera, y la tomó entre sus brazos. El pasado se fundió con el presente con arrolladora brutalidad. Sin dudas, sin pensamiento alguno, Eva enterró su rostro contra el cuello de Dante y aspiró el masculino aroma que emanaba de su cuerpo, gozó sintiéndose estrechada entre los brazos de él, notando cómo los largos dedos le acariciaban la espalda desnuda... Sin embargo, él no dijo nada. Se limitó a tenerla entre sus brazos. Justo lo que necesitaba...

No. ¡No! No lo necesitaba. No necesitaba a ningún hombre. No lo había necesitado nunca. Los hombres siempre terminaban defraudando a las mujeres y se marchaban. No ocasionaban más que desilusión y dolor.

«Apártate... apártate...».

Pero... pero... Sintió el cálido aliento de Dante acariciándole el cuello, rozándole la piel y haciendo que ella se echara a temblar de la cabeza a los pies. Se dijo una vez más que debía apartarse, que debía hacerlo antes de que fuera demasiado tarde... ¿Por qué ignoró las voces que le advertían y respondió al fuego que le hacía hervir la sangre y que la animaba a hundir los

dedos en su hermoso y espeso cabello para acercarse
aún más a él?

Otra profunda maldición resonó en el firme torso
de Dante, vibrando por encima de los anhelantes senos de Eva. El corazón comenzó a latirle alocada-
mente en el pecho. Aquello no era bueno. Resultaba
agradable, pero era una mala idea. Dante la odiaba.
¿Acaso no había aprendido ya la lección con él?

Se separó de él y trató de empujarle. Sin embargo,
cuando le colocó las manos sobre el torso para hacerlo, sintió cómo el calor le encendía el vientre, bo-
rrándole de la cabeza todo pensamiento racional. De
repente, quiso... más.

En un abrir y cerrar de ojos, los labios de Dante se
colocaron a pocos milímetros de los suyos. La tentación para volver a tocarle apareció de nuevo. Sintió
deseos de experimentar si era tan emocionante y maravilloso como recordaba. Entonces, hizo deslizar sus
labios sobre los de él con una dulce caricia y apretó
un húmedo beso contra la comisura de la boca...

El cuerpo de Dante se tensó como si fuera de hierro
puro. Una chispa de electricidad recorrió la piel de ella
y, en ese momento, cometió su error. El poder de
Dante se había incrementado diez veces más a lo largo
de los años y eso le hacía más peligroso de lo que Eva
hubiera considerado posible.

Como si él oyera que Eva cuestionaba la fuerza de
su dominación, le colocó las enormes manos alrededor de la cintura y la apretó con fuerza hasta que ella
apenas pudo respirar. Entonces, la levantó del suelo
como si ella no pesara más que una pluma. Tras apretar el cuerpo de ella contra el suyo, Dante le murmuró
al oído, tan bajo que ella apenas lo pudo escuchar:

—No puedes evitarlo, ¿verdad, Eva? ¿Qué es lo que

quieres esta vez? ¿Otra noche... o, acaso, que te posea contra la pared?

¿Cómo? La vergüenza y el arrepentimiento se apoderaron de ella. Cuando consiguió responder, sus palabras estaban llenas de mordaz precisión.

–En tus sueños, Dante.

En ese momento, el sonido de alguien que se aclaraba la garganta resonó a sus espaldas, rompiendo el momento. En cuanto Dante la soltó, ella cayó contra la pared. Hizo un gesto de dolor cuando la dura pared le arañó la piel.

Claire y su padre habían aparecido en lo alto de las escaleras de piedra y los estaban observando desde allí.

–Vaya, vaya, vaya... –dijo Claire–. ¿Qué es lo que tenemos aquí?

–Oh, yo... –susurró Eva sin saber qué decir.

Se atrevió a mirar a Dante. Él estaba completamente inmóvil. Observaba a Eva con la mirada dura y la mandíbula tan apretada que ella se imaginó que se estaría haciendo daño en los dientes. Estaba muy enfadado. Furioso. Con ella.

–Le estaba preguntando a Nick –prosiguió Claire con gesto inocente– dónde se habría ido ese hombre tan guapo. Quiero ser la primera en felicitarle.

Eva se sintió de repente muy estúpida. Supo inmediatamente que estaba a punto de caer en la trampa que Claire había preparado para ella. Sin embargo, había algo que no acababa de comprender y eso no le gustaba.

–¿Felicitarle? –preguntó.

Claire la miró con veneno en los ojos.

–¿Es que no lo sabes? Dante está prometido con una antigua compañera de colegio mía. Rebecca Stanford.

Eva parpadeó. Seguramente no había oído bien. ¿Dante iba a volver a casarse?

—¿Cómo dices?

—Sí. Ella vino a verme ayer después de regresar de Singapur. Almorzamos con Prudence West. Creo que tú vas a diseñarle su vestido. Menudo honor.

Eva sintió la mirada de Dante en su rostro, pero no podía volverse para mirarlo. En ese momento lo odiaba. Años de duro trabajo para labrarse una reputación. Jornadas de trabajo de dieciocho horas para construir la marca Eva St George. Y entonces, una mirada a la reencarnación del mismísimo diablo y todo se iba al infierno.

—Espero que ella te perdone, Eva. No está bien jugar con el prometido de otra mujer.

Eva agarró a Claire del brazo.

—Escucha, Claire. Te estás equivocando. Dante es mi...

¿Qué? ¿Amigo? Claire era demasiado inteligente como para creerse tan descarada mentira. Trató de pensar en sus últimas palabras... Y recordó lo de poseerla contra la pared....

—Aquí no está pasando nada.

—Pues no me lo pareció, pero no te preocupes. Mis labios están sellados, aunque creo que debería advertirte...

De reojo, Eva vio que Dante se giraba para mirarla y que lanzaba un profundo gruñido de enfado.

Claire le impidió mirar lo que Dante estaba observando.

—No te has quitado el micrófono del vestido.

Capítulo 2

DANTE extendió la mano hacia el corpiño del vestido de Eva y agarró el pequeño micrófono negro. Arrojó el pequeño artilugio contra el suelo y lo aplastó con el pie.

–Por favor, dime que... –susurró ella, levantando la barbilla para enfrentarse a la adversidad– que lo que ha ocurrido no ha pasado realmente. Me encuentro en una especie de pesadilla. Es decir, tú estás aquí después de todo...

Dante levantó la mano para impedir que ella siguiera hablando hasta que él hubiera logrado tranquilizarse un poco y hubiera comprendido qué era lo que estaba ocurriendo.

Nick St George se detuvo cuando su viperina esposa trató de llevarlo de vuelta al salón. Dante lo acribilló con la mirada antes de que los dos desaparecieran tras las cortinas. ¿Cómo podía haberse quedado sin hacer nada y haber permitido que aquella mala mujer tendiera una trampa a Eva? No se podía ni siquiera imaginar lo que ella estaba tramando, pero estaba completamente decidido a descubrirlo.

En cuanto a él... Se hubiera apostado su Lamborghini a que Rebecca no tardaría en enterarse de su aparente indiscreción. La intranquilidad se apoderó de él, pero se deshizo de ella rápidamente. No le resultaría difícil calmarla. Del modo en el que un hombre es capaz de calmar a una mujer.

Eva se alisó el vestido sobre las caderas para librarse de las arrugas que se le podrían haber hecho.

–Tengo que salir de aquí –dijo–. Tengo que pensar. No sirve de nada regresar ahí. Claire habrá conseguido ya que me crucifiquen.

Vio su bolso sobre el suelo y se inclinó para recogerlo.

Los latidos del corazón de Dante se aceleraron al ver la hermosa forma de corazón del trasero de Eva. Esa imagen le provocó una multitud de pensamientos pecaminosos.

Ella era letal.

Apartó la mirada cuando ella se incorporó. Entonces, vio cómo ella se dirigía hacia los escalones de piedra.

–Muy bien hecho, Dante. Acabas de arruinar mi vida en la fiesta en honor de mi madre.

Dante parpadeó.

–¿Que yo te he arruinado la vida a ti? Llevo cuarenta minutos en tu compañía y ya has desatado la destrucción en mi vida.

Eva se detuvo en el umbral de la puerta y se dio la vuelta con la boca abierta.

–¿Qué es exactamente lo que te he hecho? Solo tienes que contarle la verdad a Rebecca Stanford. Yo estaba... disgustada. Viniste en lugar de Finn y me diste un... abrazo fraternal.

¿Fraternal? Él aún tenía una erección que no lograría bajar ni estando a dos grados bajo cero. En eso no había nada fraternal.

–Los hermanos no se besan –le espetó él.

Dante deseó que la luz fuera mejor para poder ver si ella verdaderamente se había sonrojado. Estaba seguro de que aquella mujer se le había insinuado. Una

vez más. No era ninguna inocente. Sabía perfectamente adónde llevaban los besos. Tres minutos más y
la habría poseído contra la pared.

Eva lo embrujaba con su dulce vulnerabilidad. En
un momento de debilidad, él le había contado todos
los detalles sobre la muerte de su propia madre. Eva
sabía perfectamente cómo manejarle.

–Bueno, evidentemente, no estaba en mis cabales
porque no siento interés alguno por ti. De hecho, puedes estar seguro de que el infierno se congelará antes de
que yo vuelva a tocarte. Dame un poco de crédito, por
el amor de Dios. Tengo mi orgullo.

Algo parecido a un fuerte sentimiento de afrenta se
apoderó de él. Resultaba profundamente turbador.

–Solo tienes que decirle a Rebecca que me odias
–añadió ella–. Lo que no deja de ser verdad. Te prometo que en cuestión de segundos tu perfecta prometida volverá a caer en tu usada cama.

Dante estuvo a punto de soltar una carcajada.

–Parece que te molesta con quien yo me acueste,
Eva.

–Estás muy equivocado –replicó ella–. De hecho,
no me importa lo más mínimo lo que tú hagas. Sin
embargo, me podrías haber dicho que te ibas a casar
–añadió mientras fruncía el ceño. La voz se le había
quebrado, lo que suponía una gran contradicción entre
sus palabras y el tono empleado para pronunciarlas–.
Todo esto me ha pillado completamente desprevenida.
Al menos, habría podido responder sin quedarme boquiabierta.

–Porque las apariencias lo son todo, por supuesto
–comentó él con sarcasmo. En realidad, sabía que
todo su reino podría desmoronarse si no tenía cuidado.
En cuanto a Eva...

–Ahora, todos se van a pensar lo peor. Que tú y yo... Que yo les robo los prometidos a otras mujeres. Que me meto en los matrimonios de las demás. Te aseguro que no es el mejor marketing para mí. ¿Acaso no estás de acuerdo, Dante?

–Por eso necesitamos hablar al respecto. ¿Es correcto lo que ha dicho Claire? ¿Haces vestidos de novia y has ganado el contrato para la próxima duquesa?

–¿Tan increíble te resulta eso? –le espetó ella.

–Tal vez porque te imaginé emborrachándote todos los días y durmiendo hasta el mediodía. Aparecer en las portadas de los tabloides por correrse una juerga todos los días puede resultar agotador, ¿verdad? Por lo menos, eso dicen...

De repente, sus recuerdos lo transportaron hasta las imágenes que aún guardaba de su madre. Entrando por la puerta medio vestida. Farfullando las palabras. Contaminando el aire con el hedor del whisky y del vómito. Acompañada invariablemente por un hombre.

–Con toda sinceridad –añadió con amargura–, jamás pensé que pudieras trabajar un solo día en toda tu vida. Por lo que sí que me sorprende. Eso es todo.

Ella lo miró completamente perpleja.

–¡Venga, Dante! Lárgate de aquí y déjame en paz. Ve a seducir a tu prometida. Espero que los dos seáis muy felices. Y que ardáis en el infierno.

Con eso, Eva se marchó. Dante sintió la tentación de dejarla ir. Cuanto más tiempo pasaba con ella, más frustrado se sentía. Eva era la mujer más desobediente y rebelde que había conocido nunca. Entonces, ¿por qué seguía allí de pie?

–Maldita mujer...

Rápidamente la alcanzó mientras ella avanzaba entre

las lámparas que iluminaban el jardín. Le agarró el brazo para que se detuviera.

–Vete a casa, Dante –le espetó ella tras darse la vuelta para encararse con él–. Tu trabajo como sustituto de mi hermano ha terminado. Francamente, lo has hecho fatal. Espero no volver a verte nunca más.

La furia le ardía en la sangre. Dante, en realidad, no sabía por qué. Técnicamente, ella le estaba haciendo un favor. Dio un paso al frente.

–Ya somos dos, tesoro.

–Bien.

De pronto, Eva dio un paso atrás y pisó una placa de hielo. Dante la agarró rápidamente por los brazos para que no cayera. En ese momento, mientras observaba su exquisito rostro, se olvidó del tiempo y del frío que hacía. Se imaginó tumbándola sobre la hierba, acariciando su maravilloso cuerpo y sintiendo el peso de sus senos. Deseaba enmarcarle el rostro entre las manos, arrebatarle el aliento con los labios. Quería besarla. No. Más bien quería devorar aquella boca impertinente.

Dante lanzó una maldición cuando le pareció escuchar los fuertes latidos del corazón de Eva haciéndose eco de los suyos. El cuerpo de Eva vibraba con un deseo muy intenso. Ella acababa de mentirle. Seguía deseándolo. Más que nunca. A pesar de todo, se zafó de él.

–¡Quítame las manos de encima!

Dante se quedó boquiabierto.

–La próxima vez que quieras jugar, *cara*, te sugiero que elijas a un hombre que desconozca tus técnicas. A pesar de mi reputación, soy muy particular sobre las mujeres a las que me llevo a la cama. Y la rutina esa de frío y caliente me quita el deseo.

Eva separó los labios y, durante un segundo, Dante

pensó que ella le iba a dar un bofetón. Lo más extraño de todo era que le habría gustado que lo hiciera.

—No me acostaría contigo aunque el futuro de la civilización dependiera de ello —le espetó ella antes de darse la vuelta.

—Eva, aún no he terminado contigo. No me des la espalda.

Eva no le dio la espalda. Simplemente se marchó. Dante se negaba a plegarse a su voluntad e ir tras ella. Él tenía el control. Siempre.

Por lo tanto, observó cómo ella desaparecía. A medida que la ira comenzó a aplacarse, la intranquilidad se apoderó de él cuando se preguntó lo mismo que le había preguntado a Eva antes...

«Me pregunto qué me encontraré mañana cuando me despierte...».

Los primeros rayos de sol entraban por las rendijas de las cortinas y, con una última mirada a los titulares de los periódicos del domingo, Eva tiró del edredón y observó cómo los periódicos caían sobre el suelo. Se tapó la cabeza con la ropa de cama y cerró los ojos para tratar de no pensar en lo que había leído en aquellos titulares y que, seguramente, sería el epitafio de su carrera.

La futura duquesa amenaza con cortar para siempre con Eva St George.

¿Vuelve la Diva a la carga con sus antiguas costumbres?

¡Cuidado, novias! Eva anda al acecho.

—Muchas gracias, Dante Vitale —susurró ella. Entonces, se revolvió entre las sábanas y las apartó de una patada.

Sentía la tentación de demandarle, pero, en realidad, ¿en qué demonios había estado pensando cuando lo besó? Cualquiera diría que la humillación de hacía cinco años habría bastado para durarle una eternidad. Solo podía dar las gracias de que lo que Dante había dicho de poseerla contra la pared no hubiera aparecido impreso. No obstante, su orgullo estaba tan herido que no sabía si podría seguir adelante.

–Ya está bien –se dijo.

Se estaba olvidando muy rápidamente del lema de su nueva vida: «Nada de arrepentimientos». Debía seguir adelante. Había llegado el momento de formular un plan. Una estrategia.

Miró el reloj y lanzó un gruñido cuando comprobó que la manilla pequeña solo había avanzado un cuarto de hora desde la última vez que lo miró. Eran las ocho cuarenta y cinco de la mañana. Demasiado temprano aún.

Tenía que llamar a Prudence West. La futura duquesa había dejado un cortés pero definitivo mensaje en el contestador de Eva la noche anterior, antes de que ella tuviera tiempo de regresar a casa. Entonces, ya era demasiado tarde para llamarla, pero Eva ya se imaginaba lo que se le venía encima. La despediría de un modo digno y contundente, aunque sin posibilidad de vuelta atrás. Después de todo, ella sabía muy bien lo destructiva que podía ser la mala prensa. En realidad, no podía culpar a la futura duquesa, en especial por la posición que ocupaba.

De repente, se le hizo un nudo en la garganta. ¿Cuántas clientas más perdería? ¿Cómo podría asegurarse de seguir recibiendo encargos? Aquello no tenía nada que ver con el momento en el que empezó. Aquella vez, tenía personal en el que debía pensar. Su modista, Katie, que tenía dos hijos pequeños. Su ayudante, que tendría una crisis de ansiedad cuando se enterara de que no podría salir de juerga los viernes por la noche. Además, el alquiler que pagaba por la boutique y que le suponía una cantidad sustanciosa de dinero.

La responsabilidad era insoportable. ¿Y si lograra persuadir a Prudence de que siguiera contando con ella? Seguramente, todo el mundo seguiría su ejemplo. Si le suplicaba, si le decía la verdad...

El timbre de su apartamento comenzó a sonar por centésima vez desde las siete de la mañana. Eva volvió a taparse la cabeza con las sábanas.

–¡Márchese!

Aquello era exactamente igual que cuando su madre murió.

Dante había dicho que ella era la princesa de la prensa. Cuatro palabras que tenían un poder demoledor. En realidad, se sentía gobernada, casi poseída por ello. Eran sanguijuelas para quienes la decencia era un concepto completamente desconocido. Aquella mañana, no querían la verdad: solo buscaban amarillismo. En el pasado, había tratado de dar en muchas ocasiones la versión propia de los acontecimientos solo porque sus palabras habían sido tergiversadas al máximo sin éxito alguno.

El teléfono comenzó a sonar, incrementando aún más su dolor de cabeza. Esperó hasta que saltó el contestador.

–*Eva, contesta al teléfono* –rugió Dante desde el otro lado de la línea telefónica.

–Genial...

–*Estoy afuera, aparcado frente a tu casa, rodeado de periodistas. Te lo advierto, si no contestas...*

Eva apartó las sábanas una vez más y se giró sobre

la cama para tomar el teléfono que tenía sobre la mesilla de noche.

—¿Qué? —le gritó—. ¿Qué vas a hacer, Dante? ¿Acaso no me has hecho ya suficiente daño?

—¿Yo? —replicó él con incredulidad y exasperación—. Déjame que te recuerde que tu reputación te precede. No me hables a mí de daño cuando acabo de soportar treinta minutos de rabietas por parte de mi exprometida.

—¿Exprometida? —repitió ella un poco más contenta. Suspiró—. Por el amor de Dios, solo tienes que decirle que la amas.

Se produjo un tenso silencio.

—¿Amor? ¿Qué tiene que ver el amor con todo esto?

—Ah, vaya. No digas nada más. ¿No sabías que eso es por lo que se suele casar la gente?

—Tal vez en tu mundo —gruñó él—. Deja que suba, Eva. Tenemos que hablar. Solo hay un modo de salir de todo este lío.

—No te quiero en mi casa. Solo lograremos empeorar aún más las cosas.

—Créeme. Es imposible empeorar esta situación.

—Puede ser, pero me niego a proporcionar más carnaza a todos esos periodistas...

—Tengo la solución a todo esto —insistió Dante.

—¿Sí?

—Sí —respondió él—. El plan perfecto.

—¿El qué? ¿Un milagro? —le preguntó. De repente, se paró a pensar por qué él quería ayudarla después de todas las cosas que le había dicho el día anterior—. ¿Es que te ha enviado Finn?

—No. No he hablado con él desde ayer. Las líneas telefónicas no funcionan. Soy yo o nadie.

Eva separó los labios y estuvo a punto de decirle que

prefería mil veces lo de nadie, pero algo le impidió hablar. El negocio. Los dos niños de Katie. El alquiler...

Se mesó el cabello con las manos y trató de pensar.

Si Dante podía ayudarla de algún modo con la prensa, tal vez debería escucharle. En realidad, ya no tenía nada que perder.

—Está bien. Dame cinco minutos.

—Tres —replicó él antes de colgar.

Con la boca abierta, Eva miró el teléfono. Entonces, se dio cuenta de que estaba perdiendo un tiempo muy valioso para vestirse.

—Serpiente odiosa y repugnante. Debo de estar loca.

Dante se aflojó el nudo de la corbata y se alisó las solapas de la chaqueta. La tensión se apoderó de él. Se sentía muy satisfecho de haberle podido dar a la prensa una imagen perfecta de cruel determinación al deshacerse de todos y cada uno de ellos frente a la puerta de Eva.

Por un lado, se preguntaba por qué ella no les había dado la patada antes de que llegara él, pero, por otro, se alegraba de que no hubiera soltado la lengua. Tenía planes para la señorita St George y, cuanto antes le expusiera su modo de pensar, mejor. Sabía que era muy obstinada y que le costaría mucho convencerla, pero el depredador que había en él ya podía olfatear el aroma de la gloria.

Pero ¿por qué estaba tardando tanto tiempo en abrir la puerta? ¿Tendría a alguien en casa? ¿En su cama? ¿Era esa la razón de que estuviera ignorando a los periodistas?

Dannazione. Jamás se le había ocurrido aquella posibilidad.

Sintió que se le hacía un nudo en el estómago.

Por fin, oyó cómo ella hacía girar el mecanismo de la cerradura. Cuadró los hombros, respiró profundamente y esperó que ella abriera la puerta.

Allí estaba. Más hermosa que nunca a sus veintisiete años. El cabello le caía por el rostro y le acariciaba los hombros desnudos. Una minúscula camiseta contenía su abundante escote y producía un efecto increíble. Además, llevaba una falda rosa larga que le recordó a la de una gitana. Sin embargo, fueron los pies desnudos los que verdaderamente le afectaron. Unas uñas perfectas, pintadas de blanco, que daban la impresión de que ella estaba andando entre las nubes. Y, de nuevo, la inocencia que él sabía que tenía que ser falsa.

–¿Tienes a alguien en tu cama? –le preguntó sin poder contenerse–. ¿Te acuestas con alguien?

–¿De verdad acabas de decir eso?

–Sí –respondió él. Eso estropearía completamente sus planes–. Te ruego que respondas a mi pregunta.

–Yo también te deseo buenos días –replicó ella colocando las manos sobre la puerta como si tuviera intención de darle un bofetón–. Veo que estás de muy buen humor esta mañana.

–Lo estaré aún más cuando me respondas.

–No... pero ¿qué tiene que ver contigo mi vida privada?

–Mucho, considerando los periódicos de esta mañana –dijo él pasando por delante de ella para entrar en el apartamento–. ¿Es que no te has enterado? Somos la nueva pareja de oro.

Ella se echó a reír.

–Nosotros no somos pareja –replicó–. En realidad, no he pasado aún de la portada.

–Entonces, te aseguro que te espera una sorpresa.

Dante oyó cómo se cerraba la puerta y el comentario burlón que ella le lanzaba.

–Entra, por favor –le dijo, al ver que Dante se dirigía hacia el salón.

Él se sorprendió al encontrarse en una sala muy acogedora e inundada de luz. Cortinas de color crema, cómodos sofás dorados y muebles oscuros enmarcaban una hermosa chimenea. El resultado era una habitación ecléctica, pero decorada con muy buen gusto. Tenía un ligero ambiente romántico, con fotos y dibujos de novias de todas las épocas y útiles de costura por todas partes. Aquel desorden molestaba a Dante.

–Sigues siendo muy desordenada.

–Vaya, pues qué quieres que te diga.

De mala gana, Dante sonrió al escuchar aquel comentario. Entonces, su mirada reparó en un maniquí que ocupaba un rincón de la habitación y que se hallaba vestido con una voluminosa falda de tul. Dio un paso al frente y se quedó asombrado al ver las delicadas perlas que llevaba cosidas.

–¿A mano?

–Sí, por supuesto. Me llevó casi una semana.

Dante veía todos los días ropas muy hermosas, pero aquello era...

–Exquisito. Veo que has heredado el ojo de tu madre para el detalle. Tenía un talento indiscutible para las telas. ¿Por qué no me hablaste anoche del éxito que tienes en tu profesión ni de tu boutique?

Ella lanzó un bufido.

–Venga ya, Dante. Ni te interesaba mi vida ni nada de lo que yo tuviera que decirte.

A él no le pasó desapercibido el dolor que se le reflejó en la voz. Admitió que se merecía aquella respuesta.

–No tenía ni idea sobre tu trabajo –admitió. Deseó haber prestado más atención a todo lo que Finn le contaba sobre su hermana.

Por eso, aquella mañana, había puesto a trabajar a sus investigadores. Ella había creado su pequeña firma de trajes de novia de la nada y eso le había dejado completamente anonadado. ¿Dónde estaba todo el dinero que le había dado su madre? Sin duda, fundir millones de libras en juergas en pocos años debía de haber sido muy divertido. Por eso, asumió que, cuando el dinero se le acabó, Eva había tenido que buscarse un modo de ganarse la vida.

A primera vista, había pensado que Finn le habría proporcionado el capital, pero no. Lo había hecho todo ella sola, a través de préstamos y de trabajo duro. En aquellos momentos, sentía algo que jamás había pensado que podría sentir por ella. Respeto.

–Pues ya lo sabes –dijo ella–. Pero hazme un favor y deja a un lado la enhorabuena por Prudence. Ella ya me ha dejado un mensaje y no creo que quiera que le haga el vestido una persona capaz de arruinar los compromisos matrimoniales de los demás.

Aquel comentario le llegó a Dante muy adentro. Sabía lo que era trabajar día y noche con poco reconocimiento. A los veintitrés, había luchado para salvar el imperio Vitale. La batalla había sido interminable hasta que la desesperación obligó a su padre a entregarle las riendas. Dante tardó casi seis meses de trabajo constante para lograr salir de los números rojos. Por lo tanto, él conocía muy bien la determinación, la frustración y la rabia.

—Sin embargo, eso no me va a impedir que trate de hacer que cambie de opinión –replicó ella.

—Entonces, ¿por qué está la tienda cerrada?

—Por suerte, solo abro el último domingo de cada mes. Quería ponerme en contacto con algunas de mis clientas antes de enfrentarme a los lobos.

—Es mejor que no hables con ellas hasta que consigamos preparar nuestra historia.

Eva frunció el ceño.

—¿Nuestra historia? No tenemos ninguna historia en común, Dante. Solo la verdad. Si eso no consigue liberarme, tendré que esperar hasta que se pase el revuelo. Siempre hay otros trabajos...

En realidad, no veía para ella ningún otro trabajo. Ansiaba el que tenía desesperadamente. Trató de ocultarlo, pero el gesto que tenía en el rostro la delataba.

Eva quería su trabajo del mismo modo que él quería Hamptons. Él tampoco podía permitirse ningún error. Yakatani no solo prefería los hombres de familia, sino que le molestaba profundamente la carnaza de tabloide. Con tantos interesados en su negocio, tenía mucho entre lo que elegir.

Dante se acercó a la ventana para inspeccionar la calle. Había llegado la hora de la verdad. No se le daba muy bien dar explicaciones porque, en general, nunca respondía ante nadie.

—Tenía un trato con Rebecca.

—¿Qué clase de trato?

—Yo necesitaba una prometida para firmar el contrato de Hamptons.

Con esa compra estratégica, Vitale se convertiría en la empresa más potente del mundo. Al padre de Dante no le quedaría más remedio que reconocer a su hijo bastardo como heredero legítimo. Por fin, conseguiría demostrarle que él era merecedor del apellido Vitale, que ya no era una mancha en un virtuoso legado de mil años y que no estaba viciado por la mala sangre de su madre. Ya nada podría interponerse en su camino hacia el éxito.

Se mesó el cabello y apartó aquellos dolorosos recuerdos.

—No tenía intención alguna de casarme con ella. Me encontré con ella hace un par de semanas en Singapur, aunque ya la conocía de Cambridge.

Dante no tardó en descubrir que ella tenía muchas deudas. Estaba desesperada. Entonces, como un tiburón que huele el cebo, el instinto de Dante entró en acción y, a los pocos segundos, había conseguido sacar partido de esa debilidad. De esa conversación, nació un acuerdo económico.

—Ah —dijo Eva—. Debes de desear mucho ser el dueño de Hamptons.

—Necesito firmar ese contrato, Eva. Sin embargo, ahora todas las negociaciones con el dueño se van a ir al garete porque Rebecca considera que es una vergüenza para mí que me vean contigo y que no quiere que sus amigos la consideren una idiota.

Dante se volvió para mirarla de nuevo.

—Supongo que todos sus amigos consideraban que estabais enamorados.

—Según ella, sí.

—Entonces, ¿qué es lo que piensas hacer ahora?

Dante se cruzó de brazos y miró fijamente a Eva.

—Ya lo he hecho.

—Ya me lo imagino. ¿Te importaría explicarte?

Dante decidió ignorar el sarcasmo que había en su voz. Eva no tardaría en agradecérselo. Sabía muy bien que una buena reputación en los negocios era algo que el dinero no podía comprar y, a pesar de todo lo ocurrido entre ellos, estaban juntos en aquel asunto. Además, se sentía en deuda con Finn porque él siempre había estado a su lado. Así, podría ayudar a Eva mientras se aseguraba de que Yakatani seguía contento con él.

En realidad, había tenido momentos de duda. No estaba convencido de que ella pudiera representar el papel de esposa delante de Yakatani. Sus detectives no habían podido encontrar nada malo últimamente sobre ella, pero eso no significaba nada. Se frotó el mentón con la mano. Tendría que tenerla muy vigilada para asegurarse de que ella cumplía las reglas. Así, aquel plan podría funcionar. Tenía que funcionar.

–He hecho creer a la prensa una historia que deshará incluso los corazones más cínicos. La verdad.

–¿La verdad?

–Sí, amor. Solo podría haber una razón para que yo rompiera los lazos de un compromiso. El hecho de que yo me haya enamorado locamente de otra persona. Les he proporcionado un auténtico cuento de hadas.

Eva lanzó un gruñido de incredulidad y comenzó a rascar con gesto distraído el brazo del sofá.

–¿Y quién es la heroína de ese cuento que has fabricado?

Dante sonrió. Aquella media sonrisa que jamás le fallaba a la hora de seducir a una mujer.

–Tú, tesoro mío.

Capítulo 3

EVA levantó la cabeza rápidamente.

–¿Qué? ¿Estás loco?

¿Cuentos de hadas? ¿Dante y... ella?

Él se encogió de hombros con cierta insolencia.

–Es perfecto.

Perfecto. Él era perfecto. Desde su espeso cabello hasta la punta de sus elegantes zapatos. Perfecto para mirar, pero detestable en su interior.

Eva trató de hablar, pero sus cuerdas vocales estaban demasiado asombradas como para poder funcionar. ¿Cómo se atrevía? ¿Cómo había podido atreverse?

Dante tenía una medio sonrisa en los labios que no era más que un arma de destrucción femenina que provocaba una fusión nuclear en su cuerpo. Estaba expectante, como si estuviera esperando que ella le diera las gracias. ¿Por qué, exactamente? ¿Por ayudarle a cavar un hoyo más grande en el que enterrarse?

–A ver si lo he entendido bien. ¿Les has dicho a esos periodistas que te has enamorado de mí para salvar ese contrato que quieres firmar?

–Sí. Y el tuyo con la próxima duquesa.

–Pero tendríamos que fingir una relación –dijo ella horrorizada–. En público. ¿Y quién se lo creería?

–Ya está hecho, Eva. Todo el mundo se lo cree –dijo él con voz dura como el acero.

–¿Y no se te ocurrió preguntarme primero? –le preguntó ella llena de indignación–. Eres tan... tan arrogante.

Dante irguió por completo su casi metro noventa de altura. Eva contuvo el aliento.

–Lo que he hecho ha sido hacerme cargo de la situación y arreglarla. ¿Qué has hecho tú durante toda la mañana? ¿Estar tumbada en la cama pintándote las uñas de los pies y reescribiendo tu calendario social?

–No te puedes resistir a meterte conmigo, ¿verdad?

Dante se encogió de hombros y eso acrecentó aún más la ira de Eva. Ella suspiró y se frotó la sien. ¿Cuándo iba a empezar a tomarla en serio?

–Si quieres que admita algo, entonces admitiré que he estado muy preocupada pensando qué hacer a continuación. ¿Puedes culparme por eso? No hay nada malo en que me preocupe por mi negocio. Tal vez sea una minucia comparado con tu enorme empresa, pero es mío y he trabajado mucho para conseguirlo.

Eva haría cualquier cosa para mantenerlo a flote, pero fingir una relación con Dante era meterse en unas honduras desconocidas para ella y aún no estaba dispuesta a ahogarse.

–Si es tan importante para ti, ¿dónde está el problema?

–No me gusta la idea. Es mentir...

–Ingenua jamás ha sido una palabra que yo haya asociado contigo. ¿Quieres tener éxito, Eva? Pues tienes que jugar. ¿Quieres salvar tu carrera? Has de ser cruel.

Eva prefería jugar según las reglas. Además, odiaba mentir. Tal vez se debía a las mentiras que le había escuchado decir a su padre cuando su madre aún estaba en el lecho de muerte. O tal vez a la prensa, por presentarla como una alcohólica, drogadicta y devoradora sexual. Fuera como fuera, mentirle a todo el mundo y a la futura duquesa con Dante como aliado le hacía sentirse, en cierto modo, sucia.

Además, ¿cómo iba a poder ocultar la ridícula atracción que sentía cuando era precisamente aquello lo que tenían que representar para que todo el mundo lo viera?

Se agarró al brazo del sofá hasta que los nudillos le dolieron.

—Espera un momento. ¿Y qué va a pensar Finn?

—Se lo explicaré todo y él se dará cuenta de que esa historia nos conviene a ambos. No voy a arriesgarme a perder Hamptons, y ahora tengo claro que tú has trabajado mucho para ganar el estatus profesional que tienes. Por lo tanto, saquemos el máximo de una mala situación.

Eva no entendía por qué uno de los hombres más ricos de la tierra consideraba tan importante la adquisición de Hamptons. Resultaba muy tentador utilizar ese poder para sus propios fines. Si perdía a sus clientas, no podría pagar el alquiler del mes siguiente. Tendría que despedir a sus empleados. La vida tal y como la conocía y el éxito por el que tanto había luchado terminarían para siempre.

¿De verdad podría funcionar algo así? Se sentía tan desesperada que no estaba segura de estar pensando bien. Dante hacía que todo sonara tan sencillo...

—Rebecca sabrá la verdad —dijo—. ¿Quién puede asegurar que no tirará de la manta? El próximo domingo podría haberle contado la historia a algún periódico y volveríamos a estar como al principio.

—¡Qué poca fe tienes, tesoro! Rebecca fue la primera en saber nuestra aventura.

—Pero si no hemos tenido tiempo para una aventura amorosa... Te vi anoche por primera vez desde hacía años.

–Precisamente. Una mirada y los dos lo supimos. Las relaciones amorosas en las que vuelve a prenderse la llama son las más dulces. Por lo menos, eso es lo que dicen.

Todo tenía sentido. La aguda inteligencia de Dante deshacía todas las objeciones que ella pudiera poner. Resultaba evidente que él lo había pensado bien y había decidido que podía funcionar. Sin embargo...

–Me imagino que no se pondría muy contenta.

–Ella estaba empezando a perder la perspectiva –dijo él mientras acariciaba suavemente una cajita de madreperla–. Estaba mezclando la fábula con la realidad. Yo quería un acuerdo de negocios, no una migraña que durara las veinticuatro horas.

–Evidentemente, ella quería más –susurró. Recordaba perfectamente el profundo dolor que sintió al tener que olvidar a Dante–. Casi siento pena por ella.

–Pues ahórratela. Las mujeres sois incapaces de amar, a menos que ese amor vaya acompañado de un millón de libras.

–Dios santo... Eres tan cínico... –replicó ella. ¿Qué hacía que un hombre tuviera aquella opinión de las mujeres?

–Soy realista.

–Entonces, ¿cómo es que confías en mí?

–No confío en ti. Resulta muy peligroso confiar en otra persona, en especial cuando la finalidad es tan importante...

–¡Vaya! Qué encantador...

–La diferencia aquí es que tú tienes tanto que perder como yo. Este asunto no solo supone dinero para ti.

En eso tenía razón. ¿De verdad importaba que confiara en ella o no? Eva deseaba que él confiara en ella, pero tenía que centrarse en los negocios. Dante tenía razón. Aquel era el único modo. Sola le resultaría muy duro, incluso imposible, arreglar algo tan catastrófico. Los dos juntos tenían más posibilidades.

–Está bien. ¿Qué tendría que hacer?

Dante sonrió.

–Salir –respondió–. Asistir a algunas cenas con Yakatani. Hacer el papel de mi devota prometida.

Eva sintió como si una mano invisible le apretara el corazón. El pulso se le aceleró. Sin embargo, como sabía que él la estaba observando, lanzó una carcajada.

–Ah, vaya. Ahí tenemos nuestro primer problema. Yo no soy nada devota.

–Claro. Eva es un alma libre. ¿Por qué no me sorprende eso?

Eva necesitó hacer un gran esfuerzo para encogerse de hombros y fingir que no le importaban las hirientes palabras de Dante. Él no tenía que saber por qué aquellas palabras le afectaban tanto. Estaba allí para salvar su negocio. Eva era tan solo un medio para alcanzar su fin, pero ella sabía las limitaciones de su vida.

Uno de los más renombrados especialistas del mundo había escrito el guion años atrás. En el momento en el que ella oyó «alto riesgo», supo con claridad que jamás experimentaría el amor ni la alegría de tener una familia propia. No podía tentar al destino. La muerte de su madre era algo vivo dentro de ella. Eva se negaba a correr aquel riesgo, a exponerse a tal dolor.

Además, ¿qué era exactamente lo que se estaba perdiendo? Dudaba que el amor verdadero existiera fuera de la imaginación de los más ingenuos.

Ella nunca se olvidaría del día en el que su padre se marchó. Después de que su madre tuviera que so-

portar otra dosis de quimioterapia. Durante veinte
años, Libby St George había dedicado su vida a su es-
poso, le había dado dos hijos, había tratado de controlar sus tendencias alcohólicas y había ido a cantar a
todos sus conciertos, todo ello sin dejar de construir
su exitosa carrera. El día en que ella lo necesitaba más
que nunca, fue el día en que él se marchó.

Fue Eva quien recogió los restos de aquel frágil
mundo. Eva quien secó las lágrimas. Quien pospuso
sus estudios en la escuela de diseño durante dos largos
años. La que escondía todos los periódicos en los que
aparecía su padre de juerga, acompañado, como siempre, de una hermosa mujer.

Si aquel era el pago para la devoción y el amor, si
aquello era el amor verdadero, prefería vivir su vida
dependiendo tan solo de sí misma.

Se aclaró la garganta y volvió a tomar la palabra.

–Sí, Dante. Soy un alma libre. Así que comprenderás que no puedo fingir una relación contigo. No sabría por dónde empezar. Y en cuanto a la atracción...

Resopló con fuerza. Eso no lo tendría que fingir.

Dante se acercó a ella rápidamente y se inclinó sobre el sofá para mirarla a los ojos.

–¿Me estás diciendo que es imposible, Eva? ¿No
vas a fingir?

–No es imposible –dijo–, pero me va a costar –añadió con gran esfuerzo. «Apártalo de ti, Eva. Apártalo
de ti».

–No me mientas, tesoro. Puedo escuchar los latidos
de tu corazón desde el otro lado de la sala.

Ella lo miró fijamente, incapaz de moverse. Todo
su cuerpo parecía líquido.

–Habrá sido el reloj, Dante. Creo que ya no eres
bienvenido en mi casa.

Dante tenía que marcharse pronto, antes de que ella hiciera alguna tontería por segunda vez en veinticuatro horas.

–Vaya, Eva. Hay suficiente química entre nosotros como para hacer estallar un país.

–¿Sí? –parpadeó ella.

¿Estaba diciendo él que sentía lo mismo?

–Los explosivos son muy peligrosos, Dante...

–Mucho –murmuró él.

Entonces, Dante se inclinó un poco más sobre ella y acarició suavemente el trozo de piel entre el cuello y el hombro. Ella cerró los ojos.

–Por lo tanto, no hay que jugar con ellos –añadió él antes de acariciarle el lóbulo de la oreja con la punta de la nariz.

Un gemido estuvo a punto de escapársele a Eva de los labios, pero lo contuvo justo a tiempo. Estaba decidida a mostrarse fuerte. A no pedir más.

–Eva...

Sin poder contenerse, ella giró la cabeza hasta que los dos compartieron el mismo aliento. Hasta que él le lamió el labio inferior con la endiablada habilidad de su lengua. Lo dejó ardiendo. Vibrando.

–¿Necesitas más pruebas, *cara*? –le preguntó él retirando la cara. Sus ojos eran del color avellana más sensual que había visto nunca.

La mirada había sido apasionada, intensa. Así la había mirado la noche anterior, en los jardines, donde la había estrechado con fuerza contra su cuerpo para evitar que ella cayera. Entonces, Eva se había convencido de que aquella mirada había sido de antipatía, pero, de repente, adquirió una dimensión completamente diferente.

Dante se sentía atraído por ella. Él sentía lo mismo.

En ese momento, dejó de ser la muchacha que solía ser para convertirse en una mujer en igualdad de condiciones. En la mujer que no necesitaba el amor ni la pasión, y mucho menos con un hombre que era un maestro en el arte de devorar a una mujer para descartarla después.

Tal vez no quería tener una relación con ningún hombre, pero el infierno se congelaría antes de que se acostara con un hombre que no era mejor que su padre. Por lo tanto, si iba a seguir adelante con aquella farsa, perder la cabeza o el orgullo no era una opción.

El día anterior, se había visto abrumada por las circunstancias de la fiesta, por la ausencia de Finn y por la de su madre. Sin embargo, aquel día todo había cambiado. Tenía que salvar su negocio. Ser la mujer por la que había luchado tanto en convertirse.

Si podía erguirse por encima de las cenizas de la destrucción y crear un negocio del que sentirse orgullosa, también podía salir con él a cenar. Fácil. Dos o tres cenas en un ambiente controlado y profesional. Prueba superada. Su hermosa boutique quedaría salvada. El contrato de Dante también. Todos contentos.

Por supuesto que podía hacerlo, pero, en realidad, no había necesidad de palabras como «cuento de hadas» o «relación». Aquello no se parecería nada a una relación. Nada de amor verdadero.

–Y será estrictamente un negocio, ¿no? –le preguntó para asegurarse de que los dos estaban hablando de lo mismo.

–Estrictamente un negocio –afirmó él con un gruñido que provocó un profundo temblor en el vientre de Eva.

Si aquello iba a funcionar, lo mejor sería que ella aprendiera a mantener las distancias. Eva le empujó con todas sus fuerzas. Él no se movió ni un solo centímetro.

–¿De qué estás hecho? ¿De granito? ¿Te importaría apartarte? Ya has demostrado lo que querías.

Dante permaneció allí mismo, sin moverse.

–Entonces, ¿tu respuesta es...?

–Sí, lo haré.

–Bien –dijo él. Se apartó del sofá. Tenía en el rostro un gesto como si nada hubiera pasado–. Ve a por tu abrigo. Nos vamos.

A Eva no le gustó el sonido de aquella orden. No había nada profesional en salir un domingo por la mañana.

–¿Qué quieres decir con que nos vamos? ¿Adónde?

–De compras. Te voy a comprar el mayor diamante que hayas visto nunca, *cara*. Que empiece el cuento de hadas.

Capítulo 4

EL PULGAR volaba por la pantalla con rapidez y destreza. Dante estaba escribiendo un correo electrónico con un teléfono mientras sostenía otro teléfono en la oreja. Estaba hablando en fluido francés con uno de sus directores en París. Sin embargo, no dejaba de ser consciente de la irritación de la mujer que estaba sentada a su lado.

Eva estaba muy callada. Prácticamente no había dicho ni dos palabras desde que se marcharon de su apartamento. Eso ponía nervioso a Dante. Quería asaltar su cerebro, lo que suponía un cambio sustancial respecto a lo de querer saltar sobre otras partes de su cuerpo.

Desgraciadamente, había calculado mal aquella faceta de su proposición. De su atracción.

Si había pensado que la falda de estilo gitano era arrebatadora, aquella prenda no tenía nada que hacer comparada con lo que se había puesto antes de salir.

Vaqueros negros, ceñidos a su cuerpo como si fueran una segunda piel, botas hasta la rodilla, un jersey de cuello alto blanco que se ceñía a sus hermosos senos y una cazadora de ante de color tierra.

Jacques, su director de operaciones en Europa, se quedó en silencio mientras esperaba la respuesta de Dante, pero este no tenía ni idea de qué se trataba. Este hecho le molestó profundamente, por lo que dio por terminada la llamada y trató de aplacar su ira. No necesitaba aquellas distracciones. ¿Qué tenía aquella mujer que lo excitaba tanto?

La miró y vio que ella se estaba mordiendo la uña del dedo anular mientras miraba por la ventana de la limusina. Dante se metió un dedo por el cuello de la camisa y se aflojó la corbata.

—¿Qué te pasa, Eva?

—No entiendo por qué tienes que comprarme un anillo de compromiso cuando nada de esto es real —replicó ella tras retirarse la mano de la boca.

—Para todo el mundo sí lo es. No olvidemos que estuve comprometido con otra mujer. Para que esto funcione, tenemos que fingir que lo nuestro es amor inmortal. Y, por lo tanto, no te puedo presentar a Yakatani sin un anillo de compromiso. Cuando todo esto termine, puedes quedarte con el anillo como muestra de mi aprecio.

Eva se volvió para mirarlo con un gesto de rechazo.

—¿Es eso lo que les dices a todas tus mujeres?

—Soy un hombre muy generoso, *cara* —respondió. A menudo, ofrecía joyas a las mujeres, pero como regalo de despedida y no como prueba de amor.

De hecho, jamás había entregado una prueba de amor en toda su vida. Ni siquiera a Natalia.

De repente, ella le mostró una mirada más animada.

—Espera un momento. Tengo el anillo de mi madre en casa. Podemos utilizarlo.

—No.

—¿Y por qué no? A mí me parece una buena idea. ¿Por qué desperdiciar tu dinero en mí?

—Te aseguro que no estoy desperdiciando nada. Es un seguro. Supón que alguien lo reconoce, como tu padre o la lengua viperina de su esposa.

—En eso tienes razón.

–Repíteme eso, tesoro –dijo él, parpadeando de asombro–. Lo voy a grabar para el futuro. Tal vez incluso me lo ponga en el móvil como tono de llamada.

–Muy gracioso. Pero es cierto lo que dices. No le daría esa satisfacción a esa mujer.

–¿Qué número es?

–La sexta.

–¿Sabe tu padre que se pueden tener relaciones sexuales sin casarse? –bromeó. No entendía por qué Nick St George tenía tantas ganas de pasar por el altar.

–Estoy segura de ello...

–No te culpo por sentirte herida por los acontecimientos de anoche. Tu padre no debería haberlo permitido.

–Tú no sabes nada sobre mi padre –le espetó ella–, por lo que te agradecería que te guardaras tus opiniones. Él no tiene control alguno sobre los actos de su esposa, por lo tanto, no creo que pueda ser responsable.

Dante se quedó atónito por lo que acababa de escuchar. Eva estaba defendiendo a su padre.

–Como desees. Esa mujer pareció disfrutar mucho con lo que te estaba haciendo. Pues ahora le toca a ella.

–Sí, claro –bufó Eva–. Hasta que tú y yo cortemos. Entonces, le tocará a ella volver a reírse.

–¿Cómo?

–Venga ya, Dante. Todo el mundo pensará que me has dejado tirada por una modelo más joven y más guapa que yo. ¿Qué iba a pensar la gente si no?

¿Más guapa? ¿Cómo era eso posible? En términos de belleza, ella era intocable...

–¿Más joven? Yo raramente salgo con mujeres...

Dante no podía recordar la última vez que había tenido una cita con una mujer...

–¿Qué ibas a decir?

–Que no considero la edad cuando me llevo a una

mujer a la cama. De lo único que me aseguro es de que conozcan las reglas. En cualquier caso, yo soy mayor que tú. Al menos cuatro años –dijo él. Quería alejarse del tópico del sexo y de las camas antes de que terminara abalanzándose sobre ella.

–Para los hombres es diferente. Mira a George Clooney. O Sean Connery. Cuanto más años cumplen, más atractivos son.

–¿Encuentras atractivos a los hombres mayores? Pero si acabas de cumplir los veintisiete años...

–Yo... ¿Te acuerdas de la edad que tengo? –le preguntó ella volviéndose para mirarlo con curiosidad.

Cumplía años el cinco de noviembre. ¿Cómo se iba a olvidar?

–Me acuerdo de la fiesta que hiciste cuando cumpliste los dieciocho años. Era un baile de disfraces.

–Sí. Y supongo que recuerdas que tú fuiste acompañado de una actriz francesa de cabello oscuro que se bañó desnuda en el lago y estuvo a punto de pillar una neumonía. ¿Cómo se llamaba?

–Ni idea. Lo que quería decir es que nadie se creerá que nuestra ruptura se deba a que yo haya querido buscar algo mejor. Haremos una breve declaración a la prensa en la que afirmaremos tener diferencias irreconciliables y que nuestro deseo es ser solo amigos.

–Irreconciliable. Muy adecuado. Sin embargo, los amigos no se suelen odiar.

–«Odio» es una palabra muy fuerte, *cara*. ¿No acabamos de tener esta conversación?

–El deseo es algo muy diferente –replicó ella–. Vamos a ignorar esa parte. Esto son los negocios. Algo seguro.

¿Cuánto tiempo podría aguantar ella sin sexo? Si su apetito sexual era parecido a lo que él sentía aquel día, estaría hambrienta el miércoles, muerta de hambre el viernes y el sábado...

Miró por la ventana para tratar de borrar una imagen de su mente. Fue una pérdida de tiempo. No podía dejar de verla abrazada a su estrella del rock. Las sucias manos de él apretándole el trasero. Su boca ebria hundida entre su cabello... Pocas horas después, Dante había hecho exactamente lo mismo.

Maledizione. ¿Qué era lo que les pasaba a las mujeres? ¿Por qué no podían honrar a un solo hombre? ¿Acaso no se lo había dicho su padre el mismo día en que Dante entró en su casa, sin haber cumplido aún los quince años? Le había dicho que su madre era una fulana, como todas las demás.

Sintió que se le hacía un nudo en el pecho. No estaba acostumbrado a sentirse tan agitado por sus sentimientos. Era un hombre muy tranquilo. Nada le afectaba. A excepción de Eva.

—Creo que ha llegado el momento de que hablemos de las reglas.

—¿Reglas? –preguntó ella.

—Sí. Nada de vestidos provocativos, ni bebidas alcohólicas y, lo más importante de todo, me serás fiel, ¿comprendes?

—¿Fiel?

—Sí. Completamente fiel. Cuando nos separemos, puedes acostarte con quien quieras. Mientras tanto, no me traiciones. No te gustarían las consecuencias, tesoro. Tal vez esto sea un acuerdo comercial, pero no permitiré que me dejes en ridículo. Nada de novios. Ni de sexo.

Mientras los dos se miraban, el aire parecía atenazarle la garganta, atravesarle la piel y hacer que la boca se le quedara seca. Durante un breve instante, le había parecido ver el dolor reflejado en los ojos de Dante, pero decidió que era imposible. Si eso hubiera sido cierto, habría creído que le molestaba la idea de que ella pudiera acostarse con otro hombre.

—Y eso me lo dice el hombre que se especializa en aventuras de una noche y matrimonios de dos meses —le espetó—. No obstante, no te avergonzaría nunca de ese modo. Pensaba que el objetivo de todo esto era proteger nuestras reputaciones y no crucificarlas. Venga ya, Dante. Ya estoy harta de tus alusiones y de tus insultos. Yo no voy acostándome por ahí con todo el mundo. Nunca lo he hecho ni nunca lo haré...

Si él supiera... Sin embargo, era mejor no entrar en aquel terreno.

Tras lo que pareció una eternidad, él asintió.

—¿Tengo tu palabra de que tú me tendrás la misma consideración?

—Sí, por supuesto —afirmó él con voz tensa.

—¿Acaso te has ofendido por la pregunta? Pues ya sabes cómo me siento yo. No nos conocemos el uno al otro, por lo que me gustaría que esto se terminara. Que firmáramos una especie de tregua...

Eva no siguió hablando porque el coche se había detenido frente a la joyería más exclusiva de Londres. El corazón de Eva comenzó a latir apresuradamente al ver la imponente fachada blanca y negra.

—Las luces están apagadas. Creo que está cerrada. Qué pena —dijo tratando de fingir desilusión.

—Bien.

Eva frunció el ceño. Entonces, vio que el coche volvía a arrancar y que entraba por un callejón para volver a detenerse delante de una puerta negra.

—¿Es la puerta de servicio?

–Creo que sí –respondió él con una sonrisa de satisfacción en los labios.

Del coche que había ido siguiéndolos, salieron los guardaespaldas y se colocaron a ambos lados de la puerta. Esta empezó a abrirse lentamente.

–Vamos –dijo Dante mientras salía del coche. Una vez fuera, esperó a que ella descendiera.

Sin embargo, Eva parecía estar pegada al asiento.

–¿Eva?

–Sí, lo sé... Lo sé... –dijo mientras descendía del coche y permitía que él le agarrara una mano que Dante ya no le soltó.

Un hombre de cabello grisáceo apareció en la puerta. Los miró con una enorme sonrisa.

–Buenos días, Edward –dijo Dante. Se tuteaban. Eva se lo tendría que haber imaginado.

–Señor, es un honor volver a verlo.

¿Volver a verlo? Debía de haber llevado a Rebecca allí para comprar también su falso anillo. La humillación se apoderó de ella y deseó poder encontrar una rendija en el suelo por la que poder desaparecer. Jamás había deseado ser una de muchas. Se preguntó si su padre también llevaría a todas sus esposas a la misma tienda.

Edward les dio la bienvenida a su tienda con gran aplomo. Eva trató de soltarse de Dante, pero no lo consiguió. Con la mano que le quedaba libre, le dio un buen tirón de la manga.

–Deberíamos haber ido a otra tienda –susurró–. Ese hombre va a pensar que te prometes con mujeres por diversión.

–No me importa en absoluto.

–Shh...

–¿Por qué?

—Porque... bueno...

Si a él no le importaba lo que la gente pudiera pensar de él, ¿por qué le iba a importar a ella?

—Tienes razón. ¿A quién le importa si vienes a comprar aquí dos anillos de compromiso en una semana?

Los llevaron a un enorme salón, decorado muy lujosamente.

—Quiero un diamante, Edward —dijo Dante sin andarse con rodeos mientras los dos tomaban asiento en un lujoso sofá—. Quiero el diamante más hermoso del mundo, Edward, para la mujer más hermosa. ¿No estás de acuerdo conmigo?

—Por supuesto, señor.

Edward colocó una pequeña bandeja ante ellos. Eva respiró profundamente para tranquilizarse.

—¿Eva? —le preguntó Dante mirándola con una cierta preocupación.

Eva respiró profundamente para tratar de averiguar qué era lo que le preocupaba más, si aquella sala o Dante. Entonces, el aroma de él le envolvió los sentidos. Cuando él le besó el cuello, inconscientemente, Eva giró la cabeza hacia la de él. Quería estar más cerca. Aliviar la necesidad que pulsaba en su cuerpo, palpitándole contra el encaje de las braguitas.

Dante le dio un beso sobre la sensible piel que tenía entre el cuello y los hombros y le tiró suavemente del lóbulo de la oreja.

—Eres la primera mujer que traigo a esta tienda. A menudo le compro a Edward joyas. Nada más. Te aseguro que no hay nada por lo que sentirse avergonzada, tesoro.

Eva levantó la mirada y se encontró con los ojos oscuros de Dante, que relucían de sinceridad.

—Está bien...

Algo más cómoda, centró su atención en Edward.

–¿Ve algo que le guste, señora? –le preguntó Edward.

Eva examinó los diamantes. Enormes todos ellos. Ovales, cuadrados, con forma de corazón...

–No –dijo Dante–. Demasiado sencillos.

Edward asintió y retiró la bandeja de la mesa. Entonces, se dio la vuelta.

Dante deslizó la mano entre los muslos de ella. Eva estuvo a punto de caerse del sofá y tuvo que morderse la lengua para no gritar.

–Relájate –susurró él–. Estás demasiado tensa. Elige lo que más te guste.

Otra bandeja. Más diamantes. Sin embargo, ninguno de ellos le sugería nada que no fuera salir huyendo.

–Elige tú. No me importa.

Los dedos de Dante le apretaron con furia entre las piernas.

–Enséñanos otra cosa –ordenó él con tranquila severidad.

Los ojos de Edward relucían de felicidad. Una nueva bandeja, de terciopelo negro como la noche, apareció delante de Dante. Una mirada bastó para que el corazón de Eva dejara de latir.

Escuchó la voz de Edward como si esta viniera desde el otro lado de la realidad.

–Un maravilloso diamante amarillo de corte esmeralda rodeado de diamantes blancos. En total, treinta y ocho quilates. Uno de los diamantes más raros del mundo, señor.

Dante tomó el anillo y agarró la mano de Eva. Entonces, le estiró los dedos con suavidad. Aquello no podía estar ocurriendo.

Él deslizó el pesado anillo de platino sobre su dedo y suspiró.

–Encaja a la perfección –dijo–. Nos lo llevamos.

–¡No! –exclamó ella.

Comprendió que no era el comportamiento más adecuado un segundo demasiado tarde. Entonces, miró a Dante con timidez y esperó poder arreglar la situación.

–Lo que quería decir era que... es demasiado. No necesitas demostrarme tu...

No podía hacerlo. Amor. Aquello era una absoluta mentira. Ella, que odiaba mentir, estaba viviendo una mentira.

–No está bien –concluyó.

Dante le dedicó una mirada de admiración que le indicó que su actuación había sido merecedora de un Óscar y le colocó la mano en la nuca.

–Nada es demasiado para la mujer de mi corazón, tesoro mío.

De repente, Eva le odió profundamente por eso. Era tan bueno en lo que hacía... Cuando la dejó en la piscina, prometió que regresaría. Le juró que no se marcharía. Sin embargo, había desaparecido como un fantasma en la noche. Justo cuando ella más lo necesitaba. Como su padre había hecho con su madre.

Decidió apartar el dolor que sentía y giró la cabeza para poder hablar con él en voz baja.

–Me las pagarás por esto, Vitale.

Dante se apartó de su lado, le soltó la mano y se levantó del sofá.

–Envíeme la factura, Edward.

Con eso, salió corriendo por el pasillo mientras tiraba de ella hacia el exterior de la tienda. Por suerte, el aire frío de diciembre refrescó el rostro de Eva. Se soltó de él y se dispuso a meterse en el coche. Sin embargo, Dante le bloqueó el paso.

–¿Lista?

Sí. Eva quería marcharse de allí. Alejarse de él. ¿Cómo había podido acceder a lo que él le había propuesto? Era el plan más estúpido del mundo. Una tortura temporal.

–Sí, estoy más que lista –dijo ella–. Si piensas por un minuto que voy a volver a soportar...

–Bien.

Dante la besó de repente, borrando todos sus pensamientos, avivando el fuego que ardía dentro de ella y haciendo que se fundiera en su formidable poder. El suelo pareció hundirse bajo sus pies, por lo que levantó los brazos y hundió las manos en su hermoso cabello. Dios... Él sabía a sexo y a pecado, a chocolate amargo... Sabía a Dante. A todo lo que ella recordaba y aún más. Más poder. Más fuerza. Más pasión. Más...

Él le devoraba los labios con largos y seductores movimientos, dejándola inquieta, sin respiración.. Dante la estrechaba con fuerza contra su cuerpo, apresándola bajo su dominación de hierro, manteniéndola unida a él. Como si la deseara desesperadamente.

De repente, con la misma velocidad que la había besado, la soltó. Eva se tambaleó.

–Perfecto, *cara* –dijo él–. Eso debería bastar. Ahora, podemos estar seguros de lo que nos encontraremos mañana cuando nos despertemos. Y no hablemos más sobre la necesidad de fingir nada.

Capítulo 5

ESTÁS contento ahora, Vitale? ¡Ahí estoy otra vez, de nuevo en la portada!

La voz de Eva resonó a través de la línea telefónica. Le habría roto fácilmente el tímpano si no hubiera sido porque él se había alejado el teléfono de la oreja.

–Sí, yo también te deseo buenos días, *cara*.

–Déjate de *cara*. ¡Me has tendido una trampa!

Dante se levantó de su imponente sillón de piel y se apoyó contra el enorme ventanal de su despacho de Londres. ¿Dónde demonios estaba la princesa de la prensa? ¿Por qué no estaba gozando con la atención? Era como si lo odiara.

–¿Cuál es el problema, Eva? Ha funcionado, ¿no? ¿Sigues teniendo a los periodistas a la puerta de tu casa? No. ¿Se han quedado ya satisfechos? Sí. Y no nos olvidemos de que tú pareciste meterte mucho en tu papel.

–Sí, bueno. Cualquiera lo habría hecho junto a un experto en la materia. Mírame.

Dante la estaba mirando. Su fotografía ocupaba la portada del periódico. Piernas largas y el cabello color caramelo cayéndole por la espalda.

–Estoy pegada a ti como si fuera un esparadrapo. Finn se va a llevar el susto de su vida. Por favor, dime que has hablado con él y le has explicado que todo esto es... es una mentira.

–En esa fotografía no hay mentiras entre nosotros, Eva.

–No estoy hablando de la lujuria y lo sabes. Estoy hablando del compromiso.

Dante comenzó a recorrer su despacho de arriba abajo.

–No. No he hablado con Finn. Su teléfono sigue sin tener cobertura.

–Ay, Dios. Espero que se encuentre bien....

Si había algo bueno que él podía decir de Eva era que adoraba a su hermano. Esa lealtad fraternal le daba envidia. Después de que lo arrancaran de la tumba de su madre y lo llevaran al opulento mundo de Primo Vitale, los herederos legítimos de su padre se habían visto consumidos por el odio.

En realidad, a Dante no le había importado. Después de una infancia de privaciones, se había mostrado dispuesto a hacerse el amo del mundo. Poco se habían imaginado entonces que sería Dante el que los salvaría a todos de la ruina económica y que sería él quien tendría el poder en la palma de la mano.

–Dante, ¿sigues ahí?

–Sí, *cara*. Sigo aquí. Estamos hablando de un hombre que conduce a la velocidad de la luz. Estoy seguro de que hace falta algo más que un poco de nieve para frenarlo.

–¿Estás seguro?

–Sí. Estoy convencido de que Finn se encuentra bien. Sin embargo, si te vas a sentir mejor, me pondré en contacto con uno de mis hombres en Zúrich para que traté de ponerse en contacto con él.

–¿De verdad? Te estaría muy agradecida. Gracias.

–Bien. Ahora que está todo solucionado y que tú te has calmado....

–No me he calmado. Y tampoco he terminado contigo.

–Veo que hoy hablas con más claridad.

–En donde tengo más claridad es en el cerebro. En primer lugar, nada de besos. ¿Me estás escuchando?

–Cada palabra –replicó él mientras repasaba sus correos para ver si tenía noticias de Yakatani.

–No te creo. Sé que solo soy una simple mujer, pero quiero que me prestes toda tu atención cuando te diga esto.

–¿Decirme qué? –murmuró él con voz distraída.

–No quiero más ramos de flores. Son solo la una y media y tengo la tienda como si fuera el Chelsea Flower Show.

–¿Es que no te gustan las flores? –preguntó él con incredulidad.

–Las odio, aunque debo admitir que no desde hace mucho.

–¿Desde cuándo?

–Desde esta misma mañana. Bueno, pues ya está todo aclarado. Ahora, tengo que trabajar. Por lo tanto, ¿quedamos el miércoles para la cena con Yakatani?

¿No verla? ¿En dos días?

–Creo que no, tesoro. Hasta que mi nombre esté en las escrituras de Hamptons, tú y yo no nos separaremos.

Eva se alisó el vestido y se tiró del pecho izquierdo, que sentía demasiado pesado. Entonces, hizo un gesto de dolor.

Serían las hormonas. Solo eso. Entre el anillo, el deseo, las flores y los besos, se encontraba en un estado algo volátil. Todo eso sumado a que Dante no parecía dispuesto a dejarla en paz, se encontraba en un estado lamentable.

El lunes por la noche, Dante le había dicho que irían a cenar a un elegante hotel, en el que él se pasó la mitad del tiempo hablando con un empresario ruso. El martes por la noche era el estreno del Ballet de Escocia, algo a lo que, en otras circunstancias, le habría encantado asistir. Lo había pasado tan mal en el infierno de su compañía que se había asegurado de tener muchas citas en su *atelier* para que él no pudiera exigirle que almorzaran juntos.

Por suerte, lo único que le quedaba era la cena de aquella noche. Yakatani, Dante y Eva. Algo sencillo. Privado. Sin besos. Con un poco de suerte, él cerraría su trato y la dejaría en paz.

Respiró profundamente y se apretó la mano contra el vientre. Le dolía. Todos los días. Seguramente sería hormonal, por los besos... Le hacían desear más. Aquello no solo era humillante, sino que, considerando que Dante estaba cortado por el mismo patrón que su padre, también era una farsa para la prensa.

Dante parecía tener a todos los periodistas a sus pies. Todos los días salían en las portadas. Resultaba increíble y, aunque le costaba admitirlo, resultaba más agradable ver fotos suyas profesando amor y devoción que no promocionando sus últimos escándalos. Lo importante era que Prudence West había accedido a reunirse con ella el viernes para hablar de todo y no estaba dispuesta a volver a estropearlo.

Recogió el abrigo de terciopelo que había dejado sobre el respaldo del sofá y se lo abrochó. Entonces, justo cuando el reloj dio la hora, oyó un rugido tan fuerte que todo el edificio pareció echarse a temblar como si viviera debajo de un aeropuerto.

Apagó las luces y se dirigió a la ventana del salón. Desde allí vio un Lamborghini Aventador rojo aparcado frente a su casa. Eva se quedó sin aliento al ver que la imponente máquina abría sus fauces para dejar salir a Dante.

Los latidos del corazón se le aceleraron. Las rodillas se le debilitaron cuando vio que él se acercaba a la acera como si fuera una pantera negra, llena de gracia y elegante masculinidad. Dinámico. Enérgico. Sexy.

No tardó en darse cuenta de sus intenciones...

Su casa estaba muy desordenada.

Rápidamente, agarró el bolso de mano color rubí y se dirigió corriendo a la puerta principal. La abrió de par en par y, tras dar un paso al frente, se chocó con Dante.

—¿Tanto me has echado de menos, tesoro? —murmuró con voz sugerente y profunda mientras le agarraba por el brazo para que ella no se cayera.

—Sí, como un agujero en la cabeza.

Dante sonrió.

—¿Nos vamos? No quiero llegar tarde al gran acontecimiento —susurró ella mientras se apretaba el bolso contra el pecho.

Dante la miró de arriba abajo y se centró en sus caderas, en las pantorrillas desnudas, haciendo que ella se sintiera medio mareada.

—¿Qué llevas debajo? —le preguntó—. Y... ¿dónde está tu anillo?

Genial.

—Se me ha olvidado. Tenía mucha prisa. Dame un segundo.

—¿Que se te ha olvidado?

—¿A qué viene ese enfado ahora? —le espetó ella. Si no hubiera sabido que eso era imposible, habría pen-

sado que él estaba ofendido–. Se me enreda en el cabello en la cama y...

Eva miró la pared y sintió deseos de golpearse la
cabeza contra ella.

–¿Lo... lo llevas puesto en la cama?

–Es que en la cama suelo tocarme...

¡Dios santo! ¿Qué estaba diciendo? ¿Era mucho
pedir que el suelo se la tragara?

–¿Tocarte?

Eva tragó saliva.

–Tocarme el pelo. En sueños –dijo. Aquello era horrible–. Iré a por él.

Estaba a punto de darse la vuelta para ir a su dormitorio cuando oyó que él cerraba la puerta.

–Quédate ahí. Solo tardaré un minuto.

Entró y salió. Entonces, miró el rostro furioso de
Dante.

–Miraré en el salón.

–Dios, sé que esto significa muy poco para ti, pero
¿cómo puedes perder un anillo en un día? ¡Precisamente esta noche es cuando más lo necesitas!

Eva encendió la luz del techo y miró la alfombra,
que estaba cubierta de hilos. Sus utensilios de costura
estaban por todas partes.

–*Maledizione!* ¿Esperas encontrarlo ahí?

–Por supuesto que sí. Vamos. ¿Es que tú no pones
nunca las cosas en un lugar donde no se te vayan a olvidar y... luego te olvidas?

–No.

Después de unos minutos de búsqueda, Eva recordó. Se dirigió a la chimenea.

–¡Ya está! –exclamó.

Dante, que estaba metiendo las manos entre los cojines del sofá, se detuvo.

–Aquí está –anunció ella–. Me he acordado. Ya te he dicho que me acordaría.

Entonces, rezó para que él se alejara. No podía ver esos papeles del especialista. Querría una explicación y ella no le podría mentir. Después, él se lo diría a Finn y este se preocuparía por ella y tal vez se lo contaría a su padre y... ¡Dios! Tenía que sacarlo de allí. Distraerle de algún modo.

–Tengo hambre –dijo mientras prácticamente le empujaba por la puerta–. Por cierto, ¿adónde vamos?

–A Takumi –murmuró él. Parecía sospechar algo.

–Creo que he leído alguna reseña en los periódicos –comentó. Tenía que seguir hablando–. Se habla de que la inauguración será espectacular.

–Es el nuevo negocio de Yakatani, o más bien debería de decir de su hijo. Takumi es el chef que ha sorprendido por completo a este país. Tiene una estrella Michelín. Esta noche es la inauguración.

Eva se detuvo en seco.

–Pensaba que se trataba de una cena. Él. Tú. Yo. Algo privado.

–Es una cena, sí. Y el objetivo es que se convierta en algo privado. Es un honor haber sido invitado. Esta clase de reuniones informales son la plataforma perfecta.

Eva se sintió muy decepcionada.

–¿Crees que esta noche podrías evitar besarme durante la cena?

Era una petición estúpida. Por la mirada que se reflejó en los ojos de Dante, acababa de colocar un trapo rojo delante de un toro.

Capítulo 6

UNA fila de lujosos coches y de limusinas subía hacia Drathon Tower que, junto al río Támesis, se erguía hacia el cielo con sus cristales ahumados y sus sutiles curvas.

Dante observó cómo Eva se inclinaba hacia delante para poder asomarse por el parabrisas mientras el aparcacoches esperaba su señal.

–¿Qué habías dicho sobre que esta cena era la plataforma perfecta? Más bien parece un cohete. ¿No crees?

Para Dante tenía un aspecto fálico, pero estaba empezando a pensar que, últimamente, solo pensaba en lo mismo. O, al menos, desde el sábado, cuando aquel pequeño misil había entrado a toda velocidad en su vida.

Jamás había pasado tanto tiempo con una mujer. El anillo que llevaba en el dedo y que marcaba su posesión, solo conseguía excitarlo más. Saber que se lo ponía en la cama, que se tocaba, que se acariciaba aquella hermosa piel con su anillo en el dedo le subía la temperatura corporal un par de grados más.

A cualquier otra mujer ya la habría seducido. Sin embargo, Eva seguía siendo la hermana de Finn y no pensaba cruzar esa línea tan solo por tener una aventura, por muy gratificante que esta pudiera resultar.

Además, estaba seguro de que ella le ocultaba algo.

De repente, su temperatura bajó de golpe. Con su ex no se había percatado, aunque a menudo se había preguntado si le había importado lo suficiente como para pensar en ello. Sin embargo, con Eva tenía demasiado en juego.

Después de indicarle al aparcacoches que le abriera la puerta, bajó del vehículo para abrir la de Eva. Le tomó delicadamente la mano.

–¡Vaya! Esta noche voy a tener todos los honores.

Tanto aquellas palabras como la reiterada petición para que no la besara hicieron que el deseo se le acrecentara aún más. El diablo que había en él quería pruebas de que era tan irresistible para Eva como ella lo era para él.

La ayudó a levantarse y, entonces, sabiendo que muchas cámaras estaban pendientes de ellos, la estrechó contra su cuerpo.

–Dante... ¿qué estás haciendo? –susurró ella frenética.

–Me pediste que en la cena no hiciera esto...

Los flashes comenzaron a iluminar la noche de un modo parecido al que lo harían los fuegos artificiales. Dante la aplastó contra la vibrante carrocería roja de su coche y la besó de un modo que ella no podría olvidar jamás.

Tardó unos segundos en darse cuenta de su error. Era Eva, y ella lo estaba besando como si él pudiera proporcionarle su último aliento. Sexo y desesperación. Entonces, comenzó a pensar que tal vez sería él quien no lo olvidaría nunca. Cuando los negocios deberían contar con toda su atención. El objetivo de aquella noche era Hamptons.

Le resultaba imposible olvidarse del beso que habían compartido mientras subían por el ascensor de cristal. Ascendieron los cuarenta y dos pisos en un completo silencio. Eva se negaba a mirarle a los ojos y Dante luchaba contra el impulso animal de apretarla contra la pared de cristal. «Los negocios, Vitale. Céntrate en los negocios».

Cuando llegaron al restaurante, el maître les saludó. Dante pareció que por fin lograba contener su deseo, hasta que Eva se quitó el abrigo de terciopelo negro de su provocativo cuerpo. En ese momento, el corazón pareció detenérsele en el pecho.

Dios santo...

Seda dorada le envolvía el cuerpo como si se tratara de una segunda piel. El corte del vestido era de reminiscencias orientales y contaba con una sutil elegancia. Un ancho cinturón bordado con delicadas orquídeas rosas le ceñía la cintura y se le anudaba en la espalda con un enorme lazo.

Extravagante. Sensual, pero a la vez muy recatado.

Dante tuvo que tragar saliva para poder hablar.

–Eva, *cara*, estás...

–¿Qué? –le preguntó ella con cautela.

–Maravillosa.

Eva se sonrojó, otro indicativo de su inocencia, como si nadie le hubiera dedicado nunca un cumplido en toda su vida. Resultaba increíble imaginar que una mujer con tantos amantes a sus espaldas pudiera sonrojarse.

Por suerte, Takumi se les acercó en aquel momento y Dante volvió a centrarse en los negocios. En la seguridad. En el control total.

Los dos juntos, fueron saludando a las personalidades que había congregadas allí aquella noche. Entonces, los acompañaron a la mesa privada de Yakatani. Eva realizó una leve inclinación de cabeza y saludó al empresario con un entrecortado japonés. Dante la miró perplejo. Aquella, fue la primera andanada de la noche.

Cada vez que se mencionaba su futuro matrimonio, ella se sonrojaba. Yakatani se quedó encantado con su inocente apariencia. Sin embargo, cuanto más la observaba Dante, más sospechaba que todo era una falsedad. En una ocasión, ella se tropezó tan violentamente que él tuvo que agarrarla para que no cayera.

Entonces, se volvió a su anfitrión, un hombre menudo de cierta edad que rezumaba dinero e inteligencia, y le preguntó:

–Dígame, ¿está usted buscando una venta rápida?

–Sí. Cuanto más rápida, mejor. Ha llegado la hora de la jubilación. Mi esposa me ha dicho que le gustaría ver más a su marido antes de que él se encuentre con su Hacedor. Como puede ver, mis hijos cuentan ya con intereses propios –añadió mirando a su alrededor.

–Es espectacular. Debe de estar usted muy orgulloso de su hijo.

–Inmensamente.

Dante sintió una cierta envidia por el anciano.

–¿Hay algún tema sobre la tienda que me debería preocupar? –preguntó Dante.

–Lo habitual en esta clase de negocios. Nada que un hombre de su reputación no pueda manejar.

–Sangre nueva.

La voz de Eva resonó desde el otro lado de la mesa. Dante la miró. Su atención parecía dividida entre la conversación de los dos hombres y la nuera de Yakatani, que acababa de sentarse a su lado. O tal vez fue el bebé que llevaba entre sus brazos, un niño, a juzgar por el traje azul.

–¿Qué decías, *cara*?

–Lo siento, es que al oírlos hablar...

–Sigue, *cara mia*. Deseamos escucharte.

–Bueno, en mi opinión, necesita sangre nueva. Una mezcla mejor de clase y estilo. Especialmente en el departamento de señoras. El problema es que sus alquileres son demasiado altos y, de ese modo, usted no permite a los nuevos diseñadores tener una oportunidad de exhibir su talento. Londres es el lugar que quieren, pero, desgraciadamente, no se lo pueden permitir.

Dante parpadeó.

Yakatani sonrió.

–¿Y qué me sugiere usted, Eva?

–Un alquiler gratuito durante seis meses para conseguir que se establezcan, y luego deben volar en solitario, o tal vez empezar a pagar su alquiler. Ahora, antes de que usted empiece a enfadarse conmigo sobre lo del alquiler gratuito, le ruego que piense lo que ganaría. Respeto en la industria. La oportunidad de descubrir nuevos talentos, atrayendo así una nueva clientela y, al mismo tiempo, la satisfacción de haber ayudado a un nuevo talento a levantar el vuelo. Todo el mundo contento.

Entonces, giró la cabeza y miró de nuevo al bebé. Lo hizo casi con... anhelo. Después, como si presintiera que Dante la estaba observando, se volvió y le dedicó una hermosa sonrisa. Pura. ¿Afectuosa también?

No. Imposible. Las mujeres no lo miraban con afecto. Lo miraban con deseo. Deseo de sexo, de dinero y de poder.

Dante no quería pensar en lo que aquella sonrisa le había provocado en su interior. Lo único que sabía era que Eva se merecía estar en un escenario.

–Ahora, ruego que me perdonen –dijo–. Debo ir al tocador.

La voz de Yakatani hizo que Dante apartara la vista de su hermoso cabello y de su curvilíneo trasero.

–Está lista, Vitale. No tendrá que esperar mucho tiempo.

Dante frunció el ceño.

–¿Para qué?

Yakatani se rio como si los dos hubieran compartido un chiste que solo ellos comprendieran, aunque lo cierto era que Dante no lo había entendido.

–Eso me ha hecho decidirme. Creo que ya ha llegado el momento de que llevemos esta conversación a temas mucho más lucrativos. Me marcho a Tokio el viernes y no voy a regresar hasta dentro de dos semanas, por lo que el tiempo es importante. Prefiero una venta rápida, si puede ser.

Dante se reclinó en la silla.

–Yo también me marcho al este el viernes. A Phang Ton.

–Dicen que es un lugar muy hermoso. El dominio privado más lujoso de todo el mundo.

Dante comenzó a olfatear el agradable aroma de la victoria.

–Creo que debería usted verlo con sus propios ojos. Venga conmigo. Sea nuestro invitado para el fin de semana. A Eva le encantaría conocer a su esposa. Una hora de negocios y el resto de placer. Le garantizo que se enamorará de mi pequeño paraíso.

–Estaríamos encantados.

Dante sonrió. El lunes por la mañana, Hamptons sería suyo.

Eva observó cómo la nieve comenzaba a caer sobre la acera, los copos reluciendo como si fueran diamantes bajo la luz de las farolas. No dejaba de pensar en las imágenes de la noche. El hermoso bebé. La mirada intensa de Dante. Una amante que se había acercado a besarle en la mejilla. Todo le recordaba a la ingenua muchacha que en el pasado había construido castillos en el aire, y le hacía sentirse tan frágil como los copos de nieve que caían sobre el parabrisas.

«No lo hagas, Eva. Márchate...».

–... por lo que accedí a volar a las diez de la mañana –decía Dante–. Te recogeré a las ocho. Un clima más cálido te vendrá bien.

¿Clima más cálido? Eva se volvió para mirarlo y se dio cuenta de que el coche estaba aparcado frente a su boutique.

–No sé de qué me hablas.

–¿Me has estado escuchando?

–Lo siento –admitió ella–. Estoy muy cansada. Vuelve a repetírmelo.

–Por eso necesitas un descanso, *cara*. Yakatani ha aceptado una invitación para venir a mi isla este fin de semana. Nos marchamos el viernes por la mañana.

Eva parpadeó.

–Yo no me puedo ir a ningún sitio el viernes. Tengo una reunión con...

Decidió no decirle a Dante de quién se trataba. Él llevaba toda la semana insistiendo en que quería conocer a Prudence West y ella sabía que eso sería un verdadero desastre. Con él cerca, no podía pensar y, además, se trataba de su negocio y quería hacerlo ella sola.

–Con una clienta.

–Eva... Si todo sale bien, Hamptons será mío. Es solo un fin de semana. Nada más.

–No puedo, Dante. Tengo una reunión a las nueve y media.

–Pues cámbiala.

Eva respiró profundamente. Estaba cansada de que él controlara todos sus movimientos.

–No. Ni puedo ni quiero hacerlo. ¿Por qué no cambias tú el vuelo?

–Dios, deja de ser tan difícil, Eva. ¡He dado mi palabra!

–¿Y es que la mía vale menos? No importa que yo no parezca profesional, pero tú sí debes parecerlo.

–Yo no he dicho eso...

–Claro que lo has dicho. ¿No puedes dejar de pensar en ti ni por un solo momento? Eso –le dijo señalando la fachada de su tienda– es lo único que tengo. Mientras que tú tienes lo que deseas, yo solo tengo esa pequeña boutique.

–Entonces, ¿tienes la intención de retirar la palabra que me diste por una clienta con la que te podrías reunir a tu regreso? Dios, no debería haber confiado en ti.

–¡Claro que puedes confiar en mí! Pero se supone que estamos juntos en esto. Nunca me consultas. No se me ocurre ningún modo peor de pasar un fin de semana que hacerlo contigo, pero me he comprometido y tengo la intención de cumplir mi palabra. Simplemente tendremos que encontrar un término medio. ¿De acuerdo?

En ese momento, fue consciente de sus palabras. Un fin de semana entero de caricias y besos. De ansiar lo imposible.

Dante la miraba como si hubiera perdido la cabeza. Tal vez fuera así.

–¿Qué?

–¿Es que no has oído nunca esa expresión?

–Creo que no. Hace que me duela la cabeza, tal vez porque se trata de un lenguaje extranjero...

–Y yo que creía que eras políglota –replicó ella con insolencia–. «Término medio» es cuando cada parte cede algo para poder alcanzar un consenso. No estoy tratando de avasallarte. No me importa cambiar mi cita a las nueve, pero, antes de eso, no me parece correcto. Por lo tanto, señor Controlador, si quieres llegar a un término medio conmigo, ya sabes dónde estoy.

Con eso, Eva salió del coche, dio un portazo y trató de andar sin resbalarse mientras se dirigía a la puerta de su casa. Cuando estuvo en el interior, se quitó el abrigo y arrojó el bolso sobre el sofá.

Después de unos instantes, el teléfono comenzó a sonar. Entonces, ella dejó escapar un suspiro al ver quién la llamaba.

–Hola, Dante –dijo mientras se sentaba en un sillón.

–¿Te parece suficiente término medio las once y media de la mañana?

–Sí.

–Entonces, ¿vendrás conmigo?

–Sí.

El silencio se apoderó de su ya frágil compostura durante unos instantes.

–Buenas noches, Dante.

–*Ciao, cara* –dijo él con voz profunda.

Eva arrojó el teléfono sobre la mesa de café y soltó un profundo suspiro para tranquilizarse. ¿Cómo era posible que él la desequilibrara de aquella manera? ¿Por qué no podía mantenerse arrogante e insoportable? ¿Por qué tenía que decirle que tenía un aspecto exquisito cuando no había nadie para escucharle? O animarla a hablar, como si realmente le importara lo que ella le dijera.

Un dulce dolor le atravesó el corazón.

Mentiras. Todo eran mentiras. Él estaba representando perfectamente su papel.

A pesar de todo, durante unos instantes, habían compartido una mirada y, de repente, ella había vuelto a tener dieciocho años, su madre estaba viva y sana y la vida era maravillosa porque Dante había irrumpido en ella para llenar su cuerpo y mente de deseo y necesidad. Ella había tejido un hechizo perfecto de sueños de carácter eterno, sueños en los que ella era la única, en los que lo era todo para él.

Dante Vitale había sido el hombre al que había estado esperando.

De repente, su mundo había empezado a desmoronarse. Su madre comenzó a pelear por su vida. Las mentiras y la traición catapultaron a Eva a la cruda realidad en la que las mujeres eran una simple diversión, objetos que se podía desechar. Dante no hacía más que tener una aventura tras otra con esbeltas morenas y Eva sabía que ella jamás se podría comparar.

Tan solo le había hecho falta su cálida mano cuando el ataúd de su madre se introducía en la tumba para olvidarse de todo. Solo ansiaba sus caricias, deseaba ser la primera para él sabiendo que era su última oportunidad.

Un desastre. No podía soportarlo. Tras besarla apasionadamente, él había desaparecido. De algún modo, Eva debía haberle decepcionado.

Más o menos como su segundo intento por tener una relación física.

Después de eso, no había necesitado más pruebas para saber que no estaba hecha para el sexo. En realidad, cuando le dijeron que era de alto riesgo, la decisión de evitar a los hombres le resultó muy fácil de tomar.

Sin embargo, Dante había regresado. Dante, el único hombre con el que había logrado sentir el verdadero deseo.

Si él se había sentido desilusionado hacía cinco años, solo Dios sabía lo que pensaría en aquellos momentos. Ahora, Eva se sentía rota, atenazada por temores que ni siquiera ella lograba comprender.

No quería desearle. Entonces, ¿por qué todas las noches soñaba que estaba con él después de tanto tiempo?

Imposible.

Era demasiado tarde.

Un fin de semana más y todo habría terminado. Ella encontraría la paz. El deseo se desvanecería. Tenía que ser así. Eva se olvidaría de él.

Debía salvar su negocio. Lo único que tenía. Y pensaba hacerlo a su modo. Del único modo que podría vivir en paz.

Le iba a contar a Prudence West toda la verdad.

Capítulo 7

ELEGANTE y sofisticado, tan atractivo como su dueño, el potente yate de Dante surcaba las aguas de los manglares dejando una estela de espuma a su paso.

El cabello de Eva le golpeaba suavemente los hombros y la piel se le refrescaba con el agua que salpicaba desde la superficie mientras ella se recreaba en la belleza que tenía ante sus ojos. Paredes rocosas cubiertas de vegetación y unas delicadas flores color marfil que no era capaz de identificar.

El sol era maravilloso. Se reflejaba sobre un cielo tan azul que resultaba imposible de describir. Ciertamente, era un paraíso sobre la tierra.

—¿Estás cómoda? —le preguntó Dante. En su voz aún se reflejaba una ligera censura. Sí. Ella había llegado tarde al vuelo, pero él tenía suerte de que ella aún siguiera de pie después de la semana que había tenido.

—Mucho, gracias —replicó ella dulcemente.

Estaba decidida a aligerar el ambiente, aunque solo fuera para poder superar más fácilmente los siguientes dos días.

Dante iba vestido con unos pantalones color crema y un polo azul marino. Su imagen era de clase y sofisticación. Tenía los brazos cruzados sobre su ancho torso. Eva recorrió ávidamente los músculos de sus antebrazos antes de deslizar la mirada hasta el cuello abierto del polo. Los picos del cuello se le levantaban y jugueteaban con el viento. Sin embargo, lo que más seductor le parecía eran las gafas de aviador que llevaba puestas.

Después de tantos años de trabajar con modelos y de estar con los hombres más atractivos del mundo, Dante seguía siendo el mejor ejemplo de masculinidad que había visto nunca.

Apartó la mirada de aquella imagen de viril perfección y miró el zumo de fruta de la pasión que tenía entre las manos.

—Entonces, así viven la otra mitad...

La intención de Eva había sido que sus palabras fueran una broma, pero no tardó en darse cuenta de su error.

—Bueno, tú has vivido rodeada de riqueza toda tu vida, Eva, y seguirías así si no te hubieras fundido la herencia de tu madre en juergas.

Eva agarró con fuerza los pliegues del vestido blanco que llevaba puesto.

—¿Cómo sabes lo de mi herencia?

Con sus palabras, Dante había dejado clara la baja opinión que tenía de ella.

—Me lo dijo Finn.

—Se me había olvidado lo buenos amigos que sois. Sin embargo, me sorprende que él te contara algo tan personal y que, sin embargo, no tuvieras ni idea sobre mi negocio.

Algo parecido a un fuerte sentimiento de culpabilidad se apoderó de Dante.

—Fue hace mucho tiempo. La información no me la dio él por su propia voluntad. Le pregunté si tu madre se había ocupado de ti. Eso es todo. No hemos hablado de ti desde entonces.

Eva agradeció las enormes gafas que le cubrían el rostro e inclinó la cara hacia el sol. «¿Qué esperabas, Eva? ¿Que hubiera preguntado por ti porque le importas?».

El silencio se apoderó de ellos hasta que el barco rodeó un acantilado.

—¡Vaya! ¿Esa es tu isla?

Un agua cristalina lamía una arena tan blanca y tan fina que a Eva le recordaba al azúcar glas. Unas hermosas playas enmarcadas por altas palmeras que se mecían de un lado a otro con la más ligera brisa. En el fondo, rodeada de un denso follaje, se erguía una mansión de varios niveles, con paredes de estuco y amplias ventanas panorámicas.

—Nunca he visto nada parecido. Tan impactante ni tan dramático. Es como estar en el paraíso.

—Bienvenida a Phang Ton.

Después del vuelo más largo de su vida, sentía que todo estaba a punto de terminar. A su pesar, Dante no tardaría en ser el dueño de Hamptons.

Lo único que quería era que él la mirara con respeto. Si podían ser amigos, ella podría cerrar el pasado por fin. Seguir con su vida. Aquella era su última oportunidad. Después de aquel fin de semana, Eva no podía correr el riesgo de volver a verle.

El yate entró en un muelle privado en el que les esperaba el personal de Dante. Todos iban vestidos de blanco y se cuadraron para darle la bienvenida al dueño de aquella poderosa mansión. En ese momento, Eva sintió un escalofrío por la espalda al pensar en los días que le esperaban. Tendría que desempeñar un papel que jamás había hecho antes, el de anfitriona para un hombre que exigía una absoluta perfección. Eva distaba mucho de ser perfecta. Si aquella semana había llevado al límite sus habilidades como actriz, esperaba que aquel fin de semana no terminara por destrozarla.

Dos largos días de navegación y submarinismo en las gloriosas profundidades del mar de Andamán dieron paso a noches de cóctel, cena, risas y baile. El lunes por la tarde, cuando Dante despedía en el muelle a Yakatani y a su esposa, lo hizo con una poderosa satisfacción.

Sabiendo que Eva lo estaba esperando, se dio la vuelta y entró en la casa. Después de hacerse con una botella de champán y dos copas, volvió a salir al exterior y se dirigió a la parte posterior de la casa.

Una mirada le bastó. Allí estaba ella, de pie, observando el espeso follaje. Con una mano, daba vueltas a la perla que llevaba en la oreja. La humedad se pegaba a su piel. Iba vestida de blanco, con una camisa y una vaporosa falda que le daba un aspecto angelical.

Dante dejó la botella sobre una mesa y se dio cuenta de que ella tenía una expresión pensativa en el rostro. Experimentó una extraña sensación en el corazón.

Se aclaró la garganta para advertirle de su presencia y vio cómo ella se daba la vuelta. El rostro se le iluminó mientras se dirigía hacia él.

—¿Y bien? ¿Qué te ha dicho?

—Firmamos dentro de dos semanas.

Una potente luz iluminó aquellos hermosos ojos verdes.

—¡Sí! —exclamó antes de arrojarse a los brazos de Dante. Él la levantó y comenzó a dar vueltas—. Me alegro mucho por ti...

Dante hundió el rostro en su cabello y aspiró su delicado aroma, tan puro, tan suave y tan inocente.

Un crisol de sentimientos lo asaltó. Por eso, Dante la abrazó con fuerza y trató de bloquear la imagen, borrarla de su memoria, olvidarse de la pregunta que había aparecido de repente en su mente y que ya había dejado de hacerse hacía mucho tiempo.

¿Por qué ella había salido corriendo a los brazos de otro hombre pocas horas después de que se separaran en la caseta de la piscina? ¿Por qué se había mostrado tan desesperada por compartir una noche con él cuando le habría valido cualquier hombre? Sin embargo, ¿de qué servía hurgar en el pasado solo para que ella negara lo que él sabía que era verdad? Ni siquiera estaba seguro de que pudiera decir las palabras sin mostrar la fuerza de sus sentimientos.

La colocó suavemente sobre el suelo y dio un paso atrás.

A pesar del pasado, había cosas que ella se merecía escuchar.

—Has estado maravillosa, *cara*. Menuda impresión les has causado. Yakatani nos ha invitado a visitar Japón cuando queramos.

—Vaya —respondió ella mientras se alisaba la ropa con manos temblorosas–. ¿Y cómo te has zafado de eso?

—No lo he hecho. Tenía cosas más importantes en mente.

—¿Como cuáles?

—Darte las gracias.

—De nada —dijo ella con una hermosa sonrisa.

De repente, Dante sintió que volvía la melancolía, algo que no podía comprender.

—Ven aquí. Vamos a celebrarlo. Tengo una botella del mejor champán recién sacada del frigorífico.

Mientras Eva sostenía las cosas, Dante tuvo que esforzarse para servir el champán sin dejar de mirarla. Después de dejar la botella sobre la mesa, tomó una de las copas y brindó:

–Por el futuro de Vitale. Somos los mejores del mundo.

–Enhorabuena, Dante. Espero que esto te reporte mucha felicidad.

–*Grazie, cara...*

Años de duro trabajo para asegurarse de que Vitale era el líder mundial. Para demostrar que él, el hijo bastardo, había conseguido hacer lo que ningún otro hombre había podido.

Tomó un sorbo y, de reojo, vio cómo Eva se limitaba a sostener la copa entre las manos. Exactamente lo mismo que le había visto hacer todo el fin de semana.

–¿Por qué no bebes?

–No bebo alcohol, pero eso no me impide brindar por tu éxito.

–Venga, Eva. Paso muy poco tiempo en Londres, pero tus hazañas son lo bastante sonadas para llegar a las portadas de todo el mundo. Fotografías, demasiadas para poder contarlas, de ti y de tu...

«Tu amante». ¿Qué le pasaba? ¿Por qué no podía decirlo?

–Y de Van Horn, además de otros amigos. Bebiendo. Divirtiéndoos en clubes muy exclusivos...

Las palabras comenzaron a salirle de la boca sin que pudiera contenerse porque, de repente, no era a Eva a quien veía. Era a su madre, entrando a trompicones por la puerta, con otro hombre. Ruidos en el dormitorio, en parte dolor y en parte placer. Dante tapándose los oídos con las manos...

–Sé lo que parecía –admitió ella–. Créame que lo

sé. Puedo culpar a la prensa por exagerar cada uno de mis movimientos, por hacerme parecer una diva. Sin embargo, yo soy la culpable de mi caída. Yo me puse en su camino. Sabía lo que hacía o, al menos, me parecía que lo sabía. Ahora, creo que estaba muy perdida... aunque no sé lo que estaba buscando...

Dante parpadeó. Volvió a ver a Eva. El ángel caído. Al menos ella era capaz de admitir sus errores. Su madre no lo había hecho nunca.

—Ahora los periodistas te molestan.

Actualmente, Eva vivía para su trabajo, igual que él. Dante la admiraba por haber sido capaz de cambiar por completo su vida. Sin embargo, había más. Secretos. Una contradicción en su vida que no era capaz de señalar.

—Siempre ha sido así, pero esta semana, por primera vez en mi vida, no me he sentido controlada por ellos. No. En vez de eso, me he sentido controlada por ti —dijo antes de colocar la copa de nuevo sobre la mesa—. Eso me recuerda ese refrán que dice: «Saltar de la leña al fuego».

—¿Demasiado calor, *cara*?

—Demasiado.

Llevaban toda la semana evitándolo, luchando contra ello. Y aquel fin de semana...

Noches tórridas de deseo, sabiendo que ella estaba en el dormitorio frente al suyo. Aquellas largas y suaves piernas enredadas entre las sábanas. Aquella piel cremosa ahogada en su más fina seda. Los senos apretados contra su colchón. Su anillo en el dedo...

Por supuesto, aquel constante deseo solo había servido para acrecentar su frustración y su ira. ¿Cómo podía seguir deseándola después de que ella lo hubiera traicionado?

Eva tomó asiento.

–De todos modos –dijo–, me prometiste una experiencia inolvidable y, antes de que yo me marche a primera hora de la mañana, tenemos que decidir cuándo romperemos oficialmente.

La copa se detuvo a mitad de camino de los labios de Dante. Entonces, vació la copa de un solo trago.

–No pensemos en eso ahora. Nos quedan dos semanas hasta que firme y tenemos que ocuparnos de la señorita West.

Ella bajó la cabeza y dejó que el cabello le ocultara por completo el rostro.

–Eva, ¿qué es lo que me estás ocultando?

–La reunión que tenía el viernes era con Prudence West. Va a ir a otro *atelier* para que le hagan el vestido. He perdido el trabajo.

–¿Cómo? Voy a llamarla para decirle que está cometiendo un tremendo error. ¿Por qué no me esperaste?

–Puedo pelear mis propias batallas –replicó ella mientras se levantaba y comenzaba a tomar el serpenteante sendero a través de palmeras y helechos.

Dante estuvo a punto de decirle que no había peleado aquella batalla muy bien, pero, en ese instante, se dio cuenta de un detalle.

–Y, sin embargo –dijo echando a andar tras ella. Le agarró el brazo y la hizo volverse para mirarlo–, has venido aquí de todos modos. Cuando yo ya no podía hacer nada por ti. Durante dos días has sido la perfecta anfitriona, has encantado a Yakatani y has conseguido que me venda sus almacenes. ¿Por qué?

–Porque te di mi palabra. Tú querías Hamptons y yo quería que lo tuvieras. ¿Por qué deberíamos salir los dos perdiendo?

Aquella frase golpeó a Dante como la bala de un perfecto cazador: entre los ojos. Nadie había hecho nunca por él algo tan generoso.

Se quedó sin palabras, sin saber qué hacer y, sin embargo, cuando la miró, estuvo más seguro que nunca en toda su vida de una cosa.

Quería, necesitaba, besarla. Más aún que respirar.

Sin embargo, ¿no era más probable que Eva necesitara algo más importante que el sabor de un hombre en sus labios?

En ese momento, Eva no habría cambiado la última semana por nada del mundo. Era maravilloso ver que el desprecio se veía reemplazado por la admiración en el rostro de Dante.

Había también algo más, algo que hacía que el pulso se le acelerara y que la sangre le latiera con fuerza en las venas.

Antes de que cometiera una estupidez, como volver a saltar a sus brazos y suplicarle que la besara, dio un paso atrás y siguió con su camino.

Sin el encargo de la duquesa, no sabía qué pasaría con su carrera. Lo único de lo que sí estaba segura era de que necesitaba recuperar el control, poner fin a aquella farsa, regresar a Londres y tratar de reconstruir su mundo.

Dante salió de su estupor y la alcanzó rápidamente.

—Te compensaré por haber perdido ese trabajo. Es lo menos que...

—No digas ni una sola palabra más. Yo no aceptaría tu dinero. Fue elección mía ir sola. Además, tenía la intención de decirle la verdad...

—¡La verdad! *Maledizione!*

Eva se apresuró a tranquilizarle.

–No te preocupes. En el último segundo, me di cuenta de cómo podía afectar a tu negocio y no le dije nada...

En realidad, no había necesitado hacerlo. La decisión ya se había tomado. La duquesa se había visto presionada por sus amigas, entre las que se encontraba Rebecca, la prometida falsa número uno.

–Además, o lo consigo sola o...

Dante se colocó delante de ella como si fuera un depredador.

–¿Me estás diciendo que sin ese contrato te hundirás? Entonces, ¿por qué no aceptas mi dinero? ¿Qué clase de mujer eres, Eva? ¡Dios santo! Primero es el anillo, luego las flores, ahora mi dinero... No soy bueno para ti, ¿verdad? ¿Es eso?

–Tranquilízate. Te aseguro que no es nada personal. No quiero que me rescate nadie. Tengo unas posibles clientas nuevas. No me hundiré. He llegado hasta aquí sin ayuda.

Él se metió las manos en los bolsillos y comenzó a golpear el suelo con el pie.

–Préstamos de bancos, ¿no?

–Uno o dos –admitió ella tratando de evitar que su situación pareciera dramática.

Si Dante supiera las cifras astronómicas, se pondría mucho más furioso de lo que estaba en aquellos momentos. No podía saberlo nunca.

–¿Me estás diciendo que te fundiste más de ocho millones en juergas y que te quedaste sin nada?

–No seas tonto, Dante. Solo a ti se te podría ocurrir algo así.

–Entonces, ¿qué pasó con el dinero?

–Mi padre hipotecó la casa una y otra vez. Estuvimos a punto de perderlo todo. Yo no podía soportar ver cómo el orgullo de mi madre se vendía, aunque lo más gracioso es que ni siquiera puedo ir allí ahora para ver cómo su última esposa destroza otra habitación más. Cuando él iba por la esposa número cuatro, mi herencia, mi coche, Lexi... ya no estaban.

–*Maledizione!* ¿Vendiste a tu yegua Lexi, el amor de tu vida, para que tu padre siguiera viviendo en esa casa? ¿Y Finn lo permitió?

–Finn estaba con sus carreras en el campeonato de Formula 1. Cuando regresó, se enfadó mucho, pero ya era demasiado tarde. Con toda sinceridad, he de decirte que no sabe ni la mitad de lo ocurrido. Se preocupa demasiado y se siente culpable, por lo que te advierto que no te atrevas a decirle nada. Fue mi elección y estoy segura de que comprenderás perfectamente lo mucho que cuesta una exesposa –le espetó.

–Sí... Lo sé.

Eva pensó si era aconsejable seguir aquella conversación. No se lo podía imaginar con su ex. Le dolía físicamente.

–Me imagino que una vez fue suficiente para ti.

–Ya basta. No deseo hablar de ello.

–¿Significa eso que la amabas?

Dante soltó una carcajada.

–Yo soy incapaz de eso. El amor es para los débiles y los necesitados, y yo no soy ninguna de las dos cosas –dijo él. Se frotó el rostro con las manos y se mesó el cabello–. Mira, Eva. Me niego a ver cómo lo pasas mal.

–No tienes elección –reiteró ella.

–Dios, debe de haber algo más que quieras. ¿Y si me hago cargo de tu boutique? Podría trasladarte a Mayfair. Comprarte una casa. Lo que quieras para poder darte las gracias por lo que has hecho por mí.

—¿Es esa la única respuesta que se te ocurre para todo? ¿El dinero? —preguntó ella con exasperación.

Dante se encogió de hombros, un acto que contradecía completamente la repentina tensión que emanaba de su poderoso físico. Entonces, Eva comenzó a pensar en lo que él le había dicho. «¿Qué clase de mujer eres, Eva? ¿Por qué no quieres aceptar mi dinero?».

Eso era lo que pensaba exactamente. Las mujeres solo lo querían por su dinero. Era la idea más descabellada que él había oído en toda su vida y, lo peor de todo, era que él se lo creía.

Sintió un profundo dolor en el corazón. Entonces, olvidándose de todas las razones que tenía para no tocarle, levantó la mano y le rozó el rostro con los dedos. Sintió el calor que emanaba de su piel e ignoró el potente instinto de autoprotección que lo empujaba a apartarse de él porque Dante necesitaba escuchar lo que le iba a decir.

—Dante, no quiero tu dinero. Te conocí cuando no tenías nada... No quiero ni necesito nada de ti.

Él frunció el ceño y sacudió la cabeza. La interrogaba con la mirada, con aquellos ojos torturados que la atravesaban como si estuvieran buscando la verdad.

Seguramente la encontró porque esa mirada se transformó en algo apasionado, intenso. Los ojos se le nublaron por la pasión.

—Eso sí que es una mentira, Eva, y lo sabes. Entonces, querías algo de mí y sigues queriendo lo mismo... Quieres saborear el lado oscuro.

Eva apartó la mano de su rostro y dio un paso atrás. El corazón le latía a toda velocidad. Sintió deseos de salir corriendo, pero la profunda mirada de Dante la mantenía cautiva. Entonces, le agarró la cintura con las manos y la estrechó contra su firme cuerpo.

–Suéltame –jadeó ella.

–Dilo como si de verdad lo sintieras y lo consideraré...

Eva se aclaró la garganta y lo volvió a intentar.

–Suéltame...

Dante se abalanzó sobre ella y le mordió el labio inferior para arrancarle las palabras. Entonces, se lo acarició con la lengua.

Eva trató de pensar, de reaccionar, pero él le estaba besando el cuello de aquella manera tan agradable que era capaz de convertirle el cerebro en una bola de algodón. Aquella fricción tan erótica hacía que todo se desatara dentro de ella.

«Respira, Eva. Respira...».

–No quiero seguir ignorando esto –gruñó él–. Me enfada...

Le lamió la sensible piel que ella tenía bajo la oreja y comenzó a bajarle por el cuello, saboreándole la piel con unos deliciosos y húmedos besos. Aquella sobrecarga emocional desató chispas en ella y la animaron a hundirle los dedos en el cabello y a estrecharlo con fuerza contra su cuerpo.

Las enormes manos de Dante le rodearon la cintura y le acariciaron el trasero mientras la besaba con una mezcla de seducción y fuego. Eva sentía su erección contra el vientre, por lo que comenzó a mover las caderas para frotarse contra él, desesperada por sentir el pleno contacto de sus labios.

–Dios, tengo que poseerte, Eva...

Ella no se sintió amenazada, sino completamente viva por primera vez. Dante la deseaba de verdad y ella quería que la poseyera, que la devorara, aunque solo fuera una única vez.

Su corazón no estaba en peligro. Ya no era ninguna

niña. Mientras él no se detuviera... No podría soportarlo si él se volvía a detener.

—Besas con tanta pasión... como una ardiente sirena...

Sin duda, eso era lo que él esperaba. Una sirena que
dejara que él la transportara a su infierno. En su fuego,
ardería sin duda.

Eva. Una sirena. Si no estuviera a punto de alcanzar un tórrido orgasmo, se reiría. Seguramente volvería a desilusionarle.

—Dante... Debería irme a hacer las maletas... Me
marcho temprano y....

«Tengo miedo por si no puedo ser la mujer que tú
quieres».

«Sin embargo, esta es tu última oportunidad, Eva.
Tu última oportunidad de poseerle. De tenerle dentro
de ti. De conocer cómo es verdaderamente la pasión.
De saber cómo es estar con Dante Vitale»

Él la agarró con fuerza por la nuca con una mano,
le colocó la otra bajo el trasero y la levantó, animán-
dola a colocar las piernas alrededor de su cintura hasta
que sus braguitas de encaje se encontraron con la firmeza de su erección. Entonces, un gemido se le escapó de la garganta.

—El único lugar al que tú vas a ir, *cara,* es a mi cama.

Capítulo 8

SUBIERON por la imponente escalera. Eva no dejaba de robarle besos, de morderle los pómulos y la mandíbula. Cuando le hundió las manos en el cabello y tiró de él, Dante contuvo el aliento.

–Dios, Eva...

Se detuvo en el primer descansillo y la aplastó contra la pared para poder profundizar el beso y apretarse todo lo que podía contra ella.

No tardaron en retomar su camino. Se dirigieron por la amplia galería hasta la suite con los labios entrelazados, golpeándose contra las paredes e incluso tirando al suelo una valiosa pintura.

Dante abrió de un golpe la puerta del dormitorio de Eva y la volvió a cerrar de un portazo. Allí, ella se deslizó suavemente sobre él, gozando con cada centímetro de su cuerpo.

Trataba de respirar. Sus labios se separaron por fin, pero las caricias no se detuvieron ni por un segundo. Para ser modista, los dedos de Eva fallaban miserablemente con los botones de la camisa de Dante. Después de cinco segundos, su paciencia se agotó y se la abrió de un tirón.

–¡Qué hambre tienes, *cara*!

–No sabes cuánta...

Eva podía hacerlo. Podía ser todo lo que él esperaba y mucho más. ¿Acaso no había leído varios libros bastante subidos de tono? Claro que sí. Con un poco de suerte y de entusiasmo, podría disimular el hecho de que tenía tanta práctica como una monja. No estaba dispuesta a desilusionarle por nada del mundo.

Le deslizó las manos sobre el torso, sintiendo sus fuertes pectorales, y le pareció que le ardían las manos.

–Estás tan caliente...

–Por ti siempre...

El botón del pantalón no tardó en desabrocharse. Dante se los quitó y le rodeó la cintura con una mano. Entonces, comenzó a bajarle la cremallera de la falda.

Eva sintió que el frío algodón se le deslizaba por las piernas y que él le enganchaba los dedos en la cinturilla de las braguitas. Cuando sintió que se las quitaba, tuvo que contener la ansiedad al pensar que ella no era nada comparada con las mujeres con las que él solía estar. No tardó en tranquilizarse cuando aplastó de nuevo la boca contra la de ella, enredando la lengua con la de Eva en una desatada y sensual danza.

–La próxima vez nos tomaremos nuestro tiempo... Llevo esperándote demasiado tiempo –susurró él mientras le desabrochaba la blusa–. Dios, parece una eternidad. Te deseo, Eva... Entre mis brazos, en mi cama...

¿Eternidad? Eva cerró los ojos sabiendo que él no lo decía en serio, pero sonaba tan maravilloso que aceptó cada una de las palabras y las memorizó tal y como hacía años lo había hecho. Cosas sin importancia que él le decía o el modo en el que pronunciaba su nombre. Eva lo guardaba todo a pesar de que sabía que era malo para su alma.

–Lo que tú quieras...

Dante le quitó el cinturón y le separó las dos partes de la blusa. Entonces, se la deslizó por los hombros hasta que ella se quedó solo con el sujetador de encaje

blanco. Antes de que él pudiera quitársela, Eva se abalanzó de nuevo sobre su boca con una pasión que él le
devolvió diez veces.

Dante la dirigió hacia la cama. Entonces, agarró el
broche del sujetador. En ese momento, ella sintió que se
le tensaban los hombros y el miedo le atenazaba el vientre de un modo que jamás había logrado comprender.

Por suerte, él no pareció darse cuenta. Los dos cayeron sobre la cama. El peso de Dante la hundía en la
suntuosa colcha de raso y seda.

—Eva, ¿qué es lo que me haces? Dios, ni siquiera
puedo pensar...

Las manos de Dante estaban por todas partes. En
el cabello de Eva, en su cintura, en el muslo, dejando
un rastro de fuego y pasión. Entonces, le sintió. Tan
caliente y... enorme y grueso. Ella abrió más las piernas, esperando....

Sin embargo, él se concentró en los senos. El
cuerpo de Eva se tensó. ¡No! Trató de respirar, de relajarse, pero en ese momento se dio cuenta de su error.
Se lo debería haber dicho. Ese hecho hizo que se ten-
sara aún más porque él jamás la habría creído. Nunca.

Sabía que ya era demasiado tarde.

Los labios se unieron, gruñeron juntos, el enorme
cuerpo de Dante se flexionó y, de repente, la penetró
con un poderoso movimiento.

Su vientre se desgarró como si la hubiera atrave-
sado una aguja ardiendo. Dante se había hundido en
ella tan profundamente que parecía haberle llegado
hasta el corazón. Arqueó la espalda, pero no pudo
contener el grito que se le escapó de los labios.

Cerró los ojos y apartó la boca de la de él para tomar aire. La sensación de lo que había experimentado
flotaba dentro de ella con una sensación de gozo, de

plenitud... Se tranquilizó por fin y le colocó a Dante las manos en los hombros.

Unos hombros tensos, fuertes como los de un dios de bronce.

Eva abrió los ojos y lo miró... Entonces, sintió que el corazón se le detenía.

Dante la contemplaba horrorizado.

–¿Dante? –susurró.

–No... ¡No! Es imposible.

No dejaba de menear la cabeza. Entonces, levantó su cuerpo del de Eva.

–¡Para! Dante, te lo ruego, no me hagas esto...

El pasado se reprodujo en el presente, como cuando, cinco largos años atrás, ella estaba tumbada en el sofá de la caseta de la piscina, con las ropas desgarradas por la prisa. Ella le pidió que se quedara con ella aquella noche, aunque solo fuera para abrazarla. Para decirle que todo iba a salir bien. Que el dolor se iría desvaneciendo poco a poco. Él se levantó y se marchó. Ella lo perdió. Se quedó sola, tan perdida, que su mente vagó sin rumbo durante meses. Años.

Una lágrima se le deslizó por la mejilla.

–Por favor, no te vayas...

La misma mirada en el rostro. Atónita. Estupefacta.

–Yo... *Maledizione*... Eva, no puedo...

Las mismas palabras mientras se retiraba de su lado.

Eva le colocó las palmas de las manos sobre el torso y le empujó.

–Pues vete, Dante. Vete...

Un intenso sentimiento, como si hubiera sido lanzado a un turbulento torbellino de emociones, lo envolvió. Dante agarró la sábana de raso y cubrió delicadamente el cuerpo de Eva mientras ella enterraba el rostro en la almohada y se acurrucaba sobre el costado.

Cerró los ojos con fuerza y sintió que se le revolvía el estómago.

Le había hecho daño.

Se había olvidado del control y se había dejado llevar por la atávica necesidad de poseerla, hacerla suya y borrarle a cualquier otro hombre del pensamiento. Ni siquiera le había quitado el sujetador y la había poseído con la misma delicadeza de un bárbaro.

Apartó los ojos de ella y se subió los pantalones. Entonces, sintió un puñetazo en el estómago al ver la pálida mancha rosada sobre el blanco algodón.

Era virgen. *Maledizione!*

Otro sentimiento, desconocido hasta entonces para él, le provocó unas profundas náuseas y una gran tristeza.

Se dirigió al cuarto de baño y abrió los grifos hasta que el agua salió muy caliente y comenzó a llenar la bañera. Buscó en los armarios del baño y por fin encontró el gel de ducha que había pedido especialmente para ella. Retiró el tapón y vertió la botella entera en la bañera.

Después, regresó al dormitorio y se acercó a la cama. Entonces, deslizó los brazos por debajo del cuerpo de Eva y la estrechó entre sus brazos para llevarla al cuarto de baño.

–Dante... ¿Qué estás haciendo? –le preguntó ella mientras le rodeaba el cuello con los brazos.

Lenta y delicadamente, él la metió en la bañera y esperó que ella lanzara un grito de dolor. Sin embargo, ella se limitó a mirarlo. ¿Con sorpresa?

Había esperado que él se marchara. Que la dejara como si no le importara nada.

Dante se frotó el pecho con la mano al ver cómo ella levantaba las rodillas y se las acercaba al pecho. Entonces, se dio cuenta de los tirantes blancos...

–*Dannazione, cara.* El sujetador. Se me ha olvidado...

–No importa. Tengo otro.

–Venga, quítatelo.

–¡No! –exclamó ella para detenerlo.

Dante tragó saliva. Ella no quería que le tocara. ¿Acaso podía culparla?

–Dios, Eva... ¿Por qué no me lo dijiste?

Ella sacudió la cabeza con infinita tristeza. Parecía que el tiempo no había pasado por ella y que era la de hacía cinco años atrás.

–Pensé que no me creerías.

El sentimiento que él había experimentado antes regresó e hizo que él quisiera hacer cosas muy extrañas. Como meterse en aquella bañera, acurrucarse detrás de ella y acunarla y lavarla para quitarle la sangre, el dolor... Sin embargo, ella no quería sus caricias. Por lo tanto, permaneció donde estaba.

–Estoy bien. De verdad. Fue solo un flash... al principio. Ya casi ha desaparecido.

–¿De verdad?

–Sí. No hay necesidad alguna de sentirse culpable. No ha sido culpa tuya.

Aquello era precisamente lo que sentía. Culpabilidad. Todo había sido su culpa.

–Dios, ese canalla me dijo que te había tenido de seis modos diferentes hasta el domingo...

Mentiras. Solo mentiras. Mentiras que Dante se había creído.

–¿Quién? ¿Quién te dijo eso? –le preguntó Eva girando la cabeza.

–No puedo mantener esta conversación contigo mientras estás desnuda... a excepción del sujetador –dijo. En realidad, lo que quería era meterse en aquella bañera, pero tendría suerte si ella volvía a dirigirle la palabra. Entonces, solo pensar que no volvería a tocarla, que no volvería a besarla... ¿Qué era lo que le pasaba?–. Volveré dentro de diez minutos.

–¿Cómo? No puedes decirme eso y marcharte después. ¡Espera, Dante!

Dante salió del cuarto de baño y se dirigió a su dormitorio. Allí, se duchó y se vistió. Cuando regresó al dormitorio de Eva, casi se esperaba que estuviera cerrado con llave.

Sin embargo, la puerta estaba entornada. La abrió del todo y la encontró de pie delante del tocador, peinándose el cabello.

–La única razón por la que estás aquí es porque quiero la verdad. Me la merezco. Luego, puedes marcharte.

Eva dejó el cepillo sobre el tocador con un golpe seco y se volvió para mirarlo. Le saltaban chispas de los ojos. Iba vestida con un albornoz blanco y tenía los brazos cruzados sobre el pecho.

–¿Te duele? ¿Quieres un analgésico?

–Estoy bien. Quiero saber quién dijo eso sobre mí.

–Van Horn. La noche del entierro de tu madre. Después de que tú y yo... nos separáramos en la piscina.

–¿Y tú lo creíste? –le preguntó ella después de una larga pausa.

–Sí. Me dijo que los dos llevabais semanas juntos.

–¿Semanas? ¿Semanas, Dante? ¿De verdad te creíste que yo tenía el deseo, el tiempo o la intención de marcharme con él a su asqueroso hotel mientras mi madre estaba enferma? ¿Cuando puse mi vida en punto muerto para poder cuidarla día y noche?

Dante asintió. Se dio cuenta de que, por primera vez en años, sentía algo muy parecido a la vergüenza.

—Jamás me paré a pensarlo. Estaba furioso.

—No me importa lo enfadado que pudieras estar. ¿Cómo pudiste pensar eso de mí? Te pedí que pasaras la noche conmigo. Yo... Dios mío. Debiste de pensar que quería una noche contigo y seguir acostándome con él también. Eso es asqueroso. Por favor, dime que no me creíste capaz de eso.

—Eso fue exactamente lo que pensé, Eva.

Dante trató de acercarse a ella, pero Eva se lo impidió levantando la palma de la mano.

—¿Por qué? ¿Por qué pensaste lo peor de mí? ¿Son todas las mujeres unos seres tan despreciables?

Dante no supo qué decir. Suponía que no había tenido buenos ejemplos de mujeres en su infancia. Su madre no era un dechado de virtudes, como tampoco lo eran las mujeres con las que andaba su padre. En cuanto a las que habían tenido alguna relación con el propio Dante, a esas solo les interesaba su dinero.

—No vi razón alguna para que él mintiera. Además, no te atrevas a hacerte la inocente conmigo, Eva. En aquel momento, no creí que supieras lo que estabas haciendo. Eras la hermana de mi mejor amigo. Regresé para explicarte por qué no podía haber una relación entre tú y yo y, ¿qué me encontré? A Van Horn y a ti abrazados en el jardín, dándole un nuevo significado a lo del boca a boca. Antes de que me marchara, él se explayó mucho contando vuestras proezas sexuales. Por lo tanto, por lo que yo había visto, no tenías reparo en seducir a otro en mi lugar.

–Él me encontró en el laberinto. Yo estaba muy disgustada. Tú... acababas de desaparecer. Me abrazó y sí, me besó. Sin embargo, cuando me di cuenta de lo que estaba haciendo, lo aparté de mi lado. Le dije que no. Por lo tanto, no puedo creer por qué te mintió.

–¡Venga ya, Eva! ¿Cómo que no? Evidentemente, él te deseaba. Además, no podemos olvidar que durante el año siguiente se te fotografió con él continuamente.

–Teníamos los mismos amigos. Él no dejaba de insistir. Quería llevarme a la cama... una pena que yo no mereciera la pena tanto esfuerzo.

–¿La relación entre vosotros se desarrolló más?

Eva se dirigió a la ventana y observó la puesta de sol.

–Un año después de que yo te viera por última vez... –dijo, sin mirarle a los ojos–. Decidí que había llegado el momento y lo probé. No me gustó y me resistí. Él dijo que yo era...

–¿Sí, Eva? –dijo él apretando los puños.

–Una frígida. Le pareció muy divertido que los hombres me desearan. Que les gustaran tanto mis pechos –susurró sonrojándose–. El problema es que no me gusta que me los toquen. No me di cuenta de lo poco que me gustaba hasta aquella noche. Entonces, tal y como te podrás imaginar, fue un desastre. Accedí a acostarme con él por las razones equivocadas. No le deseaba... Quería...

–¿Qué, *cara mía*?

–Ya no importa.

–Cuéntamelo, por favor.

Eva se frotó la sien y siguió hablando.

–Fue culpa mía, Dante. Todo lo que él dijo era verdad. Que yo no hacía más que provocar. No era mi intención. Me dijo que yo era frígida y su rostro... Estaba tan enfadado y tan furioso que...

La ira se apoderó de él.

−¿Te pegó? ¿Te hizo daño? Menudo canalla. Le mataré...

−No, no. No puedes hacer eso. Solo me dijo cosas desagradables. Eso es todo. Con toda justicia, Dante, era cierto. Ni siquiera... Bueno, ya sabes −añadió mirando la bragueta de Dante.

−No se le levantó, ¿verdad? A ver si dejamos clara una cosa, Eva. Esa birria de hombre probablemente estaba tan colocado con las drogas y el alcohol que ni siquiera podría tenerse de pie, y mucho menos tener una erección.

En cierto modo, le estaba agradecido. Eva se habría sentido barata entregándose a un hombre como él. Además, él la quería solo para él. Que ningún otro hombre la hubiera tocado. Sabía que eso le convertía en un hipócrita, pero Eva le pertenecía...

¿Cómo? No. Eva no le pertenecía. ¿Qué demonios le pasaba?

−Entonces, ¿por qué paraste aquella noche en la caseta de la piscina? ¿Acaso no te desilusioné también?

−¿Es eso lo que crees? Pues no, *cara*. Estabas sufriendo. No me pareció bien.

Pensó en el daño que eso, unido a lo de Van Horn, debió de ocasionarle a su confianza en sí misma. Ella no le había desilusionado en modo alguno. De hecho, nada podría distar más de la verdad.

¿Desilusionarle? *Maledizione!* Ella no podía estar más alejada de la verdad.

Dante quería que ella se sintiera cómoda con su cuerpo, no por él, sino por ella misma. Toda su pasión parecía estar contenida por la vulnerabilidad y la falta de seguridad en sí misma que él había creado en ella. Bien. Pues iba a solucionar aquel problema. Inmediatamente. Eva había perdido su pureza y el diablo bailaría en el paraíso antes de que él permitiera que el único recuerdo que ella tuviera de aquella noche fuera de dolor.

La empujó contra la pared de cristal que constituía la ventana y le desató el cinturón del albornoz. Entonces, dejó al descubierto aquel hermoso cuerpo ante sus ojos. Dejó al descubierto un sencillo sujetador de algodón blanco y unas braguitas a juego, que le excitaron más que cualquier tanga que hubiera visto nunca.

–¿Te pareció que yo estaba desilusionado, *cara*? Si te toco así –dijo, mientras le rodeaba la estrecha cintura con las manos y las bajaba luego un poco más para agarrarle con fuerza el trasero y apretárselo contra su cuerpo–, ¿te parece que no me excitas?

Eva se echó a temblar y negó ligeramente con la cabeza.

–Eres la mujer más sexy que conozco y yo no soy virgen, Eva. Te puedo decir que jamás he estado tan desesperado por acostarme con alguien como lo estoy contigo, ¿*capisci*?

Ella asintió. Tenía la respiración acelerada.

–Quiero ver desnudo este hermoso cuerpo –dijo él con la voz ronca por el deseo–. Es mi anhelo constante, como una bomba con detonador que puede explotar solo con un ligero roce. Voy a ver cómo explotas una y otra vez hasta que no puedas volver a pensar en lo que te dijo ese canalla, sino solo en lo que yo te estoy haciendo con los dedos, con la boca, con mi...

Sintió que ella se tensaba. Apoyó la frente contra la de ella y gozó con el calor que emanaba de su cuerpo.

–¿Te das placer a ti misma, Eva?

Oyó que ella tragaba saliva y supo que aquella era la única respuesta que Eva era capaz de darle.

Con una mano aún sujetándole el trasero, Dante le agarró la mano izquierda y se la llevó a su boca. Comenzó a mordisquearle y a chuparle el dedo anular, desde la punta hasta la base, observando cómo las mejillas de ella se sonrojaban.

–¿Te pones mi anillo, Eva? ¿Piensas en mí cuando te tocas?

Dante sintió que las rodillas de Eva se doblaban, por lo que le colocó el muslo entre las piernas para evitar que ella cayera. A los pocos segundos, Eva se estaba frotando contra él y Dante podía sentir su húmedo calor contra el muslo, abrasándole la piel.

Decidió no precipitarse. Controlarse. En aquella ocasión, se tomaría las cosas con calma. Reemplazaría el imperfecto recuerdo de antes con una noche que ella jamás olvidaría. La primera vez se lo merecía.

Eva le agarró los hombros y comenzó a acariciarle el cabello.

–Necesito...

–¿Qué? –le preguntó él mientras le lamía el labio inferior y le besaba la boca después–. Dime qué es exactamente lo que necesitas, lo que deseas. Te daré todo lo que desees.

Eva bajó la barbilla y se miró el sujetador. Dante captó lo que ella quería decir inmediatamente.

¿Por qué no le gustaba que le tocaran allí? Se le ocurrió que seguramente tendría algo que ver con su madre y sintió que se le hacía un nudo en el estómago. Decidió que no era el momento de preguntar. Ya lo haría. Más tarde.

–Iremos poco a poco. La primera vez, lo dejaremos

puesto y yo te tocaré por todas partes menos los pechos. ¿Te parece?

–¿Podrás hacerlo?

–Por supuesto –respondió él. Le haría falta echar mano de su autocontrol, pero lo haría. Por Eva–. Pronto descubrirás que me gustan más los traseros, *cara*.

–Sí, creo que ya lo he notado...

Dante sonrió.

–Confía en mí...

Se inclinó sobre ella y comenzó a besarle suavemente el vientre, gozando con los gemidos de placer que ella emitía. Entonces, le metió la mano por las braguitas y llegó hasta los húmedos pliegues, acariciando, apretando y rodeando.

La necesidad de reemplazar los dedos con la boca, de enterrar la lengua para saborear tanta dulzura se apoderó de él. Se le aceleró el pulso. Entonces, agarró con fuerza la cintura de Eva y se dispuso a ponerse de rodillas para devorarla.

Sin embargo, antes de que lograra hacerlo, ella le agarró el cabello y tiró de él para darle un beso. Su beso. Solo el beso de Dante. En lo único en lo que él podía pensar era que Eva era suya. Suya. Al menos durante una noche, Eva le pertenecía.

Capítulo 9

UNA y otra vez, Dante la empujó más allá de la cima del placer para que alcanzara los oscuros reinos del éxtasis hasta que ella se convirtió en una masa temblorosa de vibrante deseo. Hasta que se hizo de noche y la luna se mostró en todo su esplendor.

Por fin, se tumbaron en la cama. Eva estaba apoyada sobre cómodas almohadas de seda mientras que él apoyaba el peso sobre los antebrazos a ambos lados de la cabeza de ella, enjaulándola con su firme cuerpo, un cuerpo que vibraba de excitación y que había llegado hasta los mismísimos límites de su infinita paciencia.

Eva comenzó a acariciarle los abdominales hasta llegarle a la sensual uve de músculo que se le formaba en la pelvis y enroscó los dedos alrededor de su gruesa y sedosa masculinidad.

Dante contuvo la respiración y le apartó la mano.

–No, *cara*. Dame un momento. Cuando me tocas, no puedo pensar.

–No pienses. Te deseo –susurró ella mientras le acariciaba delicadamente el trasero y se lo pellizcaba para animarle dentro de ella. Profundamente. Hasta que se sintiera plena. Deseada por él. Solo por él.

–Eva... –gruñó él.

La besaba apasionadamente, agarrándole el cabello

con una mano mientras que con la otra le acariciaba la cintura y las caderas. No dedicó ninguna de sus caricias a los senos, unos senos que le dolían a Eva de pura necesidad. Estaban tan sensibles que ella sintió la tentación de liberarlos del sujetador. Sin embargo, si se lo quitaba, él lo vería. Lo sabría. Y ella no deseaba que lo supiera. Por lo tanto, refrenó esa necesidad, algo que sintió en él también. Eso le hizo pensar que los dos ocultaban algo.

Dante era un peligroso depredador. Misterioso y peligroso. Su salvaje intensidad hacía que ella se sintiera viva.

Él comenzó a trazar una línea sobre la rodilla antes de dirigirse hacia el interior del muslo, deteniéndose a poca distancia de los húmedos rizos, que estaban así por la boca, por los besos y caricias de la lengua y la boca, con los que él le había provocado orgasmo tras orgasmo.

Eva comenzó a sentirse adicta a tales sensaciones y ansiaba más, por lo que se aferró a él y entrelazó la lengua con la de Dante, bebiendo de su boca. Sus sueños no se habían parecido en nada a la divina realidad que él podía proporcionarle.

–Eva... Eva... –murmuró él.

Aquellas palabras hicieron que el corazón de ella vibrara. Le colocó una mano bajo el trasero para levantarla y colocarla, de modo que pudiera encajarse contra su cuerpo. La sensación de aquella larga y gruesa columna apretándose contra ella le provocó una oleada de placer que le hizo ondularse y apretar la pelvis contra la de él.

–Tranquila, *cara*. Solo placer... Eres tan pequeña por dentro... –susurró. Su cuerpo temblaba, como si temiera hacerle daño.

Como si Eva estuviera hecha del mejor encaje francés y se pudiera rasgar bajo la más mínima presión,
Dante colocó la punta de su erección dentro de ella,
muy suavemente. Ella le miró fijamente a los ojos, observó cómo se desenfocaban con cada una de sus caricias, hasta que, por fin, la poseyó por completo. Eva
no quería perderse aquel momento porque llevaba es-
perándolo toda su vida. La conexión fue tan intensa
que ella sintió que los ojos se le llenaban de lágrimas.

Entonces, el pánico se apoderó de ella. De aquella
manera, Dante suponía un peligro mayor para su corazón. Prácticamente le estaba haciendo el amor. Si
ella cerraba los ojos, podía fingir, soñar, como había
hecho hacía mucho tiempo, que aquella era su noche
de bodas con Dante y que ella se había reservado para
él. Solo para él. Sin embargo, aquellos sueños no se
parecían en nada a lo que estaba sucediendo en esa
cama. Eran los sueños de un corazón inocente, sueños
propios de una adolescente enamorada y no de una
mujer que sabía las limitaciones que tenía su vida y el
dolor que suponía amar a otro.

–*Cara*, dime si sientes dolor.

La penetró con facilidad. Eva se tensó, pero lo aco-
gió en su interior. Apretó la cabeza contra la almohada
y se arqueó sinuosamente.

–Eres maravilloso, Dante. Quiero más. Te quiero
entero...

«Siempre te he querido. Tu corazón, tu alma...».
¡No! Ya no. Aquello solo era sexo, pasión... Lujuria.

–Eva...

Un gruñido puramente animal le salió de las profundidades del pecho. Se inclinó de nuevo sobre ella
para besarla. Aquel beso le hizo perder el control porque Eva se movía debajo él, presa de la pasión y la ne-

cesidad por acogerlo aún más dentro de ella. Le rodeó las estrechas caderas con las piernas para estrecharlo contra su cuerpo.

–Más...

–Dios... –gruñó él hundiéndose hasta el último centímetro, cuando sus cuerpos se fundieron en uno.

Eran como las dos mitades de un rompecabezas que encajaban a la perfección. El orgasmo fue como nada que hubiera conocido antes. Le hizo caer de nuevo en el colchón, acurrucarle el rostro en el cuello y tratar de recuperar la respiración.

El tiempo pareció detenerse mientras los dos permanecían así, tumbados, abrazándose.

Dante murmuró contra la sensible piel del cuello de Eva.

–Eres el paraíso, *cara mia*. Sabes a gloria. Eres mía, Eva. Mía.

–Sí, lo soy –dijo ella. Y lo era, al menos durante aquel momento, el más sorprendente de su vida–. Bésame –le suplicó.

Dante flexionó las caderas y comenzó a moverse dentro y fuera de ella, lentamente al principio, centrándose solo en el placer de ella, besándole el cuello y acariciándole le trasero.

–¿Tienes idea de lo que me haces? ¿Lo sabes, Eva?

Su suave acento le vibraba sobre la piel, llevando su pasión hasta niveles peligrosos. Ella comenzó a tener las primeras sacudidas de un nuevo orgasmo. Se puso un poco tensa intentando controlarse para llegar al mismo tiempo que Dante.

–Dante....

Cada vez que ella pronunciaba su nombre, el ritmo que él marcaba se hacía más fiero, como si escuchar su nombre en los labios de Eva alimentara su fuego.

Por primera vez en su vida, Eva ejerció su cálido poder femenino.

–Háblame –le imploró ella–. Me encanta cuando me hablas.

Colocó los pies sobre la cama para poder recibir más plenamente las embestidas de Dante, gimiendo de placer cuando él meneaba las caderas para acariciarle el punto más sensible con la punta de su pene. Con aquella dulce fricción, saltaban chispas de placer.

–Eva, tesoro... Tranquila, tranquila... –susurró él mientras vibraba tratando de refrenar las riendas de su control.

Estaba ya tan cerca... Eva le mordió el labio inferior, haciendo que él perdiera el ritmo y provocando un profundo y gutural sonido desde lo más profundo de su pecho.

–Maldita sea, Eva... –susurró. Le agarró las muñecas y la inmovilizó contra la cama. Entonces, se colocó de nuevo encima de ella–. Tanta pasión... Jamás he sentido algo como tú...

El enorme cuerpo de Dante se flexionó sobre el de ella, tensando los músculos mientras se hundía en ella lenta y deliberadamente.

La electricidad comenzó a hacerle saltar chispas de la piel, a hacer restallar el aire. Entonces, de repente, los labios se chocaron, los gemidos se fundieron y los dos perdieron el control.

–Síííí...

Dante se hundió por última vez dentro de ella murmurando en su lengua nativa. Una letanía de palabras en italiano inundaron los sentidos de Eva. Le habría encantado saber lo que él estaba diciendo porque sonaba maravilloso y hacía prender todos los colores de su corazón, transportando su cuerpo a un punto en el que ya no había marcha atrás.

–Dante...

Un restallido de energía la recorrió por dentro y la llegó hasta lo más profundo de su ser, haciendo que se arqueara hacia él, hundiendo los hombros en los almohadones. Se quedó suspendida, como atrapada en una dimensión diferente, mucho más erótica.

–Dios, Eva... –murmuró él mientras le acariciaba la barbilla con dos dedos–, mírate... *Maledizione*... Déjate llevar. Déjate llevar, *cara* –añadió. Se incorporó un poco para poder acariciarle el clítoris con el pulgar rítmicamente–. Córrete para mí... Córrete para mí... Ahora...

Aquellas palabras desencadenaron deliciosas oleadas de gozo. El cuerpo entero de Eva se tensó deliciosamente mientras el mundo parecía desmoronarse a su alrededor.

De repente, una salvaje vulnerabilidad le hizo temblar todo el cuerpo de una manera tan potente que creyó que no iba a detenerse jamás.

Como necesitaba la fuerza de Dante, le rodeó con sus brazos y, sin darse cuenta, comenzó a susurrarle al oído. Esperaba que él adorara el sonido de su voz tanto como a ella le gustaba la de él. Le decía lo maravilloso que era sentirlo dentro de su cuerpo, lo mucho que lo deseaba solo a él..

–Eva...

Su enorme cuerpo se tensó antes de caer en el corazón de la tormenta y se derramó en ella. Eva sintió una profunda alegría al comprobar lo que le había hecho sentir. Darle placer le hacía sentirse maravillosa. Feliz.

Entonces, el corazón de Eva comenzó a gritar. «Quédate conmigo, por favor no te vayas... Abrázame esta noche, solo esta noche...».

Eva no quería que aquella noche terminara jamás, pero aquello era imposible. La realidad se encargaría de hacer explotar aquel sueño. La verdad de la vida de Eva renacería con el alba. Se marcharía de allí en el avión de Dante. Todavía no. Sería suficiente con que él se quedara hasta que ella durmiera.

Tras guardar en su corazón cada segundo, Eva cayó de aquellas gloriosas alturas como una lluvia de confeti. Su cuerpo aleteaba. La entrepierna le palpitaba de puro placer. Los dos permanecieron abrazados, acariciándose, besándose...

–Duerme, *cara mia*... Yo tengo que trabajar.

–Está bien –murmuró ella con un suspiro al sentir cómo él se soltaba de ella suavemente, llevándose su glorioso calor con él. Dejándola fría. Sola. A la deriva.

Una pesada sensación fruto del agotamiento fue adueñándose de ella... hasta que escuchó una brusca maldición en los labios de Dante y abrió los ojos.

Vio furia en los de él. Sin embargo, lo peor de todo fue el remordimiento que parecía flotar entre ellos.

–Dante... –susurró rezando para que él no se arrepintiera de lo ocurrido.

–¿Tomas medidas? –le espetó–. ¿Tomas la píldora?

Con aquellas palabras, Eva cayó del cielo directamente al infierno.

Dante miró a su alrededor y, al ver sus pantalones sobre el suelo, los recogió y se los puso, vagamente consciente de que Eva también se estaba vistiendo al otro lado del dormitorio.

Al volverse para mirarla, vio cómo el vestido de lino blanco que se estaba poniendo le caía por los esbeltos muslos, cubriendo una piel que relucía por la transpiración de la fiebre erótica que los dos habían compartido y que él no había conocido antes.

Siempre había sabido que ella sería la muerte para él. Si alguna vez se había preguntando qué criatura podía desenterrar la oscura pasión que le corría por las venas, siempre había sabido que la respuesta era Eva.

¿Desde cuándo él, Dante Vitale, el heredero bastardo, se había olvidado de la contracepción?

Desde Eva...

Con solo tocarla, había perdido la cabeza. Nunca antes había tenido un orgasmo tan potente. Las sensaciones habían neutralizado cada célula de su cerebro. Dudaba que se hubiera percatado de un tsunami que abalanzara sobre la mesa. Como para acordarse del preservativo.

Ella lo convertía en un hombre débil. Una condición que odiaba. Una condición que acababa de ponerle a la altura de su padre.

–¿Es un día seguro o...?

–Probablemente sea el peor momento –respondió ella sacudiendo la cabeza.

Como era de esperar, Eva parecía completamente horrorizada. Lo único que había querido en la vida había sido poder disfrutar de una noche de sexo con él. ¿Se había sentido su madre igualmente horrorizada al saber que estaba embarazada de él?

Aquella mirada era una tortura que no era capaz de soportar.

Se dio la vuelta y se apoyó sobre la cómoda.

–No hagamos saltar las alarmas todavía. ¿Cuáles son las posibilidades?

–¿De que la historia se repita? A mí me parece que bastante altas.

Entonces, Dante le dio un puñetazo a la cómoda. No solo le había quitado a Eva su inocencia, sino que había fallado a la hora de protegerla.

Maledizione! Un posible hijo. Un hijo que ella no quería.

–¿De que la historia se repita? –preguntó ella sin comprender–. ¿De qué estás hablando?

–Mi padre le quitó la virginidad a mi madre –rugió–. Se sació con ella. La utilizó y luego se deshizo de ella. Arruinó su reputación abandonándola cuando ella se quedó embarazada de mí.

–Oh, Dante... Tu madre debió de sentirse tan asustada al verse sola de esa manera.

Jamás había pensado en cómo le había afectado todo aquello a su madre. ¿Habría sentido miedo al saber que no le quedaba elección alguna más que criarlo en solitario?

Lo dudaba. Sin embargo, resultaba mucho más revelador que Eva hubiera empatizado con ella inmediatamente.

Dante se volvió para mirarla. Estaba tan pálida... ¿Tendría miedo? Por supuesto que lo tenía.

–Sin embargo, eso no significa que la historia vaya a repetirse –susurró ella–. Ni yo soy tu madre ni tú tu padre.

En eso tenía razón. Y, ciertamente, Eva no era como su padre. La Eva de antes siempre había deseado tener niños. El problema era que no sabía a qué Eva estaba mirando en aquellos momentos. Fuera como fuera, no tenía intención alguna de permitir que ella siguiera preocupándose en solitario. Aquello era culpa suya y pensaba arreglarlo.

—Te quedarás aquí hasta que lo sepamos, ¿*capisci*? —le dijo él con fiereza, tal vez demasiado bruscamente a juzgar por el gesto que se le reflejó a Eva en el rostro—. Si estás...

Se imaginó que, una vez más, se sentiría prisionero al pensar en la idea del matrimonio, pero no fue así y no fue capaz de comprender por qué. «Porque ella te pertenecerá. Nadie más podrá tocarla...».

Antes de que pudiera evitarlo, la traición de Natalia volvió a apoderarse de él. Entonces, en vez de ser Natalia la que estaba abrazada a otro sobre la alfombra de piel de oveja que tenían frente a la chimenea, era Eva. Eva la que encontraba consuelo en brazos de otro mientras él estaba fuera constantemente, tratando de solucionar los negocios de los Vitale. Con Natalia, no había sentido nada más que furia, pero solo pensar en la posibilidad de encontrar a Eva con otro...

Decidió que solo había una posible solución. La ataría con un matrimonio tan bien pensado que ella no se atrevería a buscar consuelo en la mentira o en el adulterio. Un falso movimiento y le arrebataría al niño. En aquella ocasión, tendría todo el control.

De repente, la más espectacular sensación le inflamó el pecho. Esperanza.

Eva llevaría en sus entrañas al heredero de los Vitale. Por fin, tendría un hijo al que pasar el legado por el que tan duro había luchado durante mucho tiempo.

—Dante, no puedes estar hablando en serio. No me puedo quedar aquí. Tengo que trabajar.

Dante se cuadró frente a ella. Sabía que sus poderes de persuasión eran inigualables.

—Hablo totalmente en serio, Eva. Si estás embarazada. Nos casaremos aquí mismo en la isla y nadie sospechará nunca.

Por lo tanto, hasta que estuvieran seguros, no iba a perder de vista a Eva.

Capítulo 10

EVA tardó unos instantes en comprender lo que él acababa de decir.

–¿Cómo has dicho? Creo que estás yendo demasiado lejos. Habrá que esperar a ver qué es lo que pasa –dijo ella–. Si estoy embarazada, hablaremos del futuro en ese momento. ¿De acuerdo?

Dante estaba al otro lado de la cama, bañado por la luz de la luna. La observaba con una pecaminosa sonrisa, una mezcla de crueldad y encanto, que le proporcionaba una extraña sensación de *déjà vu*. No podía dejar de devorarle con la mirada.

–Ahora, te agradecería que te vistieras –añadió. El deseo ya estaba empezando a apoderarse de ella. ¿Acaso no se daba su cuerpo cuenta del lío en el que ya estaban metidos?

Se dio la vuelta y, aún descalza, abrió la puerta de la terraza para salir al exterior. El aire de la medianoche, húmedo y pegajoso por el calor tropical, resultaba completamente agobiante.

¿Casarse con Dante? Ni hablar.

Aún estaba tratando de asimilar la posibilidad de tener un hijo. Eva ni siquiera quería imaginarse la boda.

–Te prometo, Dante –dijo tras cerrar los ojos–, que no quieres casarte conmigo. Soy una pesadilla viviente.

–Lo sé, *cara* –dijo él secamente–, pero no te sientas tan mal. Eso va a hacer que la vida sea... interesante.

Eva sonrió de mala nada.

–Lo interesante no es siempre bueno.

El relajante sonido de las olas lamiendo la playa resultaba maravilloso. Eva se dirigió hacia la escalera de caracol que había al final de la terraza como una presurosa Cenicienta corriendo con frenesí antes de que el reloj diera las doce y Dante descubriera la realidad de su vida.

–¡Eva!

–Ahora no, Dante.

Bajó por la escalera rápidamente a pesar de ir descalza.

–Eva, ¿de qué diablos estás huyendo?

«De mi vida. De la verdad». En cualquier momento, él se enteraría. Tal vez, si salía corriendo, él no lo sabría jamás. Finn nunca lo sabría. No habría más dolor en su familia, por lo menos mientras ella pudiera respirar.

–Solo quiero estar sola –dijo cuando llegó a la hermosa y blanca arena–. ¿De acuerdo?

–No –repuso él.

Dante, por fin, la alcanzó y le agarró con fuerza por el brazo. Entonces, tiró de ella para poder mirarle la cara.

–Quiero que me prometas que te quedarás y que, si estás embarazada, nos casaremos.

–No puedo quedarme. Tengo dos bodas el día de Nochebuena. Y eso me lleva un paso más allá. No me quiero casar. Con nadie. Nunca.

–¿Por qué? –le preguntó él con un cierto sarcasmo–. Porque, déjame que te lo diga, no tiene ningún sentido, Eva. ¿Por qué una mujer virgen, que vive y respira el romance, no se quiere casar?

–Porque he visto rupturas de corazón y dolor suficientes como para que me dure cien vidas. No estoy dispuesta a dedicar mi vida a un hombre que cree que la palabra «monogamia» significa tener una mujer en cada ciudad. Crecí junto a un hombre que no pensaba nada más que en el sexo mientras que su esposa sufría y sus hijos lo pasaban muy mal.

–Dios, ¿cómo no me había dado cuenta de esto? Eva, *cara*, no todos los hombres son tan débiles –susurró. La miró fijamente a los ojos–. Yo no soy tu padre.

–¿Débiles? ¿Así es como se llama ahora al adulterio y al abandono? ¿Una debilidad?

–Sí. Un hombre es débil si abandona a su esposa y a sus hijos cuando vienen los malos tiempos.

Eva se colocó las manos en las caderas.

–O tal vez es un hombre que cree que una mujer es igual al aburrimiento eterno. Hablemos claro. Eso es lo que tú piensas.

–Tú no sabes nada de lo que yo pienso. No me juzgues si no vas a hacerlo con justicia. Jamás he mentido sobre mis intenciones ni he engañado a una mujer. Si supieras...

–¿Qué?

–Yo jamás te haría a ti algo así. Entre nosotros, siempre habría verdad. Honestidad. Sin sentimientos complicados que dominen al sentido común.

–Te agradezco mucho lo que estás diciendo, pero el matrimonio no es la respuesta.

Eva se negaba a enredarle en su vida.

–Permíteme que te deje una cosa muy clara, Eva –dijo él. Sus ojos parecían estar nublados de... ¿dolor?–. Ningún hijo mío cuestionará jamás su existencia. Ningún hijo mío crecerá sin el apellido de su padre.

Eva parpadeó. De repente, lo comprendió todo. Su padre no le había reconocido nunca o, al menos, hasta que no le quedó elección. Cuando su madre murió. Aquello debió de marcarle para siempre. No era de extrañar que se estuviera precipitando e imaginándose lo peor. «La historia se repite».

–Te prometo que, si estoy embarazada, el bebé llevará tu apellido –le aseguró ella mientras levantaba el brazo para tocarle–. Te juro...

Dante se apartó para que ella no pudiera tocarle. Eva bajó la mano.

–Perdóname si no confío en tus promesas, *cara*. En este asunto, hay más que considerar que tu obstinación. Tenemos que proteger unas reputaciones profesionales. Deberíamos tener en cuenta a Finn. Y, por supuesto, la felicidad de un niño. Nos casaremos.

Eva cerró los ojos. Él tenía razón y lo sabía. Si no se casaban, Dante quedaría como un canalla y, en cuanto a ella... Se imaginaba claramente los titulares. Además, Finn asesinaría a Dante con sus propias manos. En realidad, aquel bebé los necesitaba a ambos. Él tenía razón. Si estaba embarazada, tendrían que casarse.

–Sí, está bien. Pero no nos olvidemos del *si*. Dios, esto es horrible...

Dante tendría que aguantarse con ella de por vida, o, al menos, hasta que cayera enferma. ¿Cómo se lo iba a decir? Aquel matrimonio podría convertirse en su peor pesadilla.

Sintió que se le hacía un nudo en el estómago. Respiró profundamente. ¿Cómo era posible que la noche más especial de toda su vida hubiera terminado tan mal?

–¿Tan desagradable te resulta el matrimonio conmigo, Eva? –le preguntó él, muy ofendido–. ¿O acaso es sentirte atada con mi hijo lo que te resulta tan desagradable?

–No –respondió ella–. ¡No!

–Entonces, explícamelo, *cara* –repuso él con gran frustración–. No te entiendo. *Maledizione!* Estoy en la gala mirando a la diva y esta noche estoy con Eva. La hermosa y joven Eva, la que me dijo que quería tener tres hijos. Dos niños y una niña.

–¿Yo... yo te dije eso? –preguntó ella atónita.

–Sí.

Eva sintió un profundo dolor en el pecho, como si le faltara el aire. Por eso, no supo de dónde sacó la fuerza para mantenerse firme e incluso para poder hablar.

–Esa Eva no... Ya no...

Aquella Eva ya no existía. Se había transformado para poder vivir en el mundo real. Se dio la vuelta para mirar el mar.

–Hace tiempo decidí que esa vida no es para mí –prosiguió. Tenía que decírselo. Era el único modo de conseguir que él cambiara de opinión–, porque hay una gran posibilidad, una posibilidad muy alta, de que yo enferme. Como mi madre. Y mi abuela.

Apretó los labios y cerró con fuerza los ojos. Entonces, respiró profundamente para tranquilizarse, inhalando ávidamente el aire salado del mar.

–¿Sabe Finn eso?

–No. No quiero que se preocupe. No lo pasó muy bien cuando mi madre cayó enferma. Por eso, te ruego que no se lo digas.

El silencio reinaba entre ellos. A pesar de todo, no podía darse la vuelta para mirarlo por temor a lo que podría ver. ¿Pena? Tal vez remordimiento. Seguramente, estaba empezando a comprender que se viera atrapado con una esposa que podría ser que no tardara en fallecer.

–Mírame, *cara*.

No podía hacerlo.

–Dante... –susurró con la voz quebrada por las lágrimas–. Lo siento mucho. Yo también soy culpable. Yo también debería haber pensado en poner medios. No quiero hacer pasar a un niño por lo que yo tuve que pasar.

–¡Mírame! –le exigió él antes de obligarla a que se diera la vuelta–. Yo no soy tu padre, Eva. No soy un hombre débil. Estaré presente para tu hijo, te lo juro. Soy lo suficientemente fuerte y poderoso como para protegerlo de cualquier tormenta. Y a ti nunca te defraudaré. ¿Me crees?

Eva asintió lentamente.

–¡Dilo, Eva!

–Te creo –dijo ella. Y así era.

Eva no había deseado nunca tocarle tanto como en ese momento. Poder besarle, aliviar así el dolor que se le reflejaba en el rostro.

¿Por qué la miraba de aquel modo, como si estuviera a punto de explotar con los sentimientos que estaba experimentando? Ella haría cualquier cosa por saber lo que él estaba pensando. Lo que fuera. ¿Se estaría lamentando de lo ocurrido aquella noche?

Dante levantó la mano y le apartó un mechón de cabello del rostro antes de acercar el suyo al de ella. Eva deseó que él la besara, que le hiciera el amor, que le demostrara que aún la deseaba...

Sin embargo, los cálidos labios le besaron la frente. Tiernamente. Eva no pudo evitar pensar que aquel era el primer beso que había odiado de verdad.

–Quédate hasta que lo sepamos, *cara*.

–No puedo. La boutique ya tiene bastantes problemas y yo tengo pedidos de los que ocuparme. Vestidos que terminar.

Lleno de frustración, Dante se apartó de su lado.

Eva había soñado en muchas ocasiones con casarse
con Dante, pero en ninguna de ellas él le había propuesto matrimonio obligado por su código de honor.
Muchas veces, ella había soñado en secreto tener un
hijo con él, pero jamás como si las manos crueles del
destino estuvieran ayudándola a atraparlo. Entonces,
ella vivía en los cuentos de hadas. Desgraciadamente,
aquello era la realidad.

Miró al cielo y se centró en la estrella más brillante.
«Esta vez lo he estropeado bien, mamá. No he podido
evitarlo. Él es mi debilidad, pero tú siempre lo has sabido, ¿verdad?».

Una lágrima se le escapó por la mejilla.

–Ah, Eva....

Dante la tomó entre sus brazos. Ella le entrelazó los
suyos alrededor de los hombros y enterró el rostro en
su cuello mientras él la tomaba en brazos para llevarla
a la casa. La fuerza de aquellos brazos hizo mella en
su armadura. O tal vez fue el modo en el que le quitaba
el vestido y le hacía el amor con lenta, seductora y ex-
quisita intensidad. Se sentía indefensa ante él. Dante le
hacía olvidar, hacía que ella se sintiera viva. Cuando
alcanzó la cima del placer entre sus brazos, él tenía ya
su promesa de que se quedaría un día más.

Un día más en el paraíso.

Capítulo 11

DANTE se apoyó contra el umbral de la cocina y se cruzó los brazos sobre el torso desnudo. Trató de tranquilizar los latidos de su corazón.

Allí estaba ella.

El cabello le caía sobre la espalda mientras revolvía en las alacenas. Estaba de espaldas a él, por lo que Dante podía devorarla con la mirada. Su habitual sujetador quedaba cubierto por una camiseta de seda blanca y unos pantalones cortos adornados con lazos de color rosas.

Eva St George que, si su corazonada era correcta, no tardaría en convertirse en Eva Vitale.

Después de recibir los contratos matrimoniales de Londres, había ido a ver cómo estaba antes de retirarse a su suite, a una fría cama con la sangre ardiéndole en las venas.

Había terminado por encontrarla en la cocina.

Allí, ella rebuscaba en las alacenas algo para, seguramente, satisfacer su deseo de algo dulce. Eva era muy golosa.

—¡Ajá!

Aquella exclamación significaba que había encontrado el tarro de crema de chocolate. Fue a buscar una cuchara para sacar una porción, que se metió ávidamente entre los labios.

Con los ojos cerrados, Eva gimió de puro éxtasis.

El deseo en estado puro se apoderó de Dante. Lanzó un profundo gruñido que sobresaltó a Eva y la hizo pegar un salto. El tarro se le escurrió entre los dedos y se partió contra el suelo.

–¡Dios mío! ¡Me has dado un susto de muerte! ¡Eres un idiota!

–¿Ha satisfecho eso tu apetito, *cara*?

–En realidad no –respondió ella sonrojándose.

–Sé exactamente lo que necesitas...

–¿Sí?

–Sí –se acercó a ella con mucho cuidado de no pisar el tarro que se había roto–. Ven conmigo –le dijo mientras extendía la mano.

La tomó en brazos y la colocó sobre la isla de granito negro que ocupaba el centro de la enorme cocina.

–¿Tienes un cepillo para que pueda limpiar eso?

–Quédate aquí.

–Menos mal que llevas unas chanclas puestas –comentó Eva. Ella llevaba los pies descalzos.

Dante tardó cinco minutos en limpiar el suelo. Entonces, se dirigió al frigorífico y abrió la parte destinada al congelador.

–¿Podría tentarte con algo que haya aquí, tesoro?

–Por favor, dime que tienes helado de nueces de macadamia o... de chocolate o....

Dante no podía apartar los ojos de Eva mientras ella lo observaba con unos ojos tan cálidos y maravillosos como la más rara de las esmeraldas. ¿Afecto? No. No podía ser. «Eres como tu padre, Dante. ¿Cómo va a ser posible que alguien te ame?».

–Dante, ¿me has oído?

–Lo siento, *cara*. Repítemelo.

–¿Sigue siendo tu favorito el de tiramisú?

–Naturalmente –replicó él sacando los tres sabores–. ¿Dónde te apetece darte tu festín?

–En mi balcón. Tengo una vista deliciosa.

–Te garantizo que los mosquitos te encontrarán a ti igual de apetecible, *tesoro*.

–¿Y a quién le importa? Me gusta vivir peligrosamente –bromeó.

Veinte minutos más tarde, los dos estaban sentados en un cómodo balancín, escuchando el sonido de las olas y con las palmeras meneándose con la suave brisa del mar. Estaba empezando a amanecer.

–¿Te acuerdas de aquella noche en la que os persuadí a Finn y a ti para que me llevarais a una tienda de veinticuatro horas a comprar helado? Fue un desastre... A Finn le pusieron una multa por exceso de velocidad, pero consiguió que no le quitaran los puntos porque le prometió al policía que papá cantaría en su boda.

–Sí, claro que me acuerdo.

–Tardamos horas en encontrar una tienda que estuviera abierta y, ¿qué pasó?

–Que no había helado...

–Me quedé destrozada. Luego, Finn se puso a ligar con la dependienta y tú... tú te quedaste conmigo. Estabas furioso, pero en realidad siempre lo estabas. La gente solía decir que Finn era el día y tú la noche. Yo te consideraba más bien una tormenta. Oscura y peligrosa.

–Pero te compré una caja de bombones, *cara*, por lo que la noche no fue una completa pérdida de tiempo.

–Es cierto. No me puedo creer que te acuerdes de eso.

La sensación del asombro que Eva tenía en la mirada hizo que Dante se girara para mirarla.

–¿Qué?

–Nada.

Dante tomó una nueva cucharada de helado y volvió al tema.

–¿Y cantó tu padre en esa boda?

–Sí, creo que sí. Creo que mi madre le obligó a hacerlo. Y mi padre aceptó. Se me había olvidado cómo solía mirarla...

–Tal vez porque has enterrado los buenos recuerdos por la traición que él cometió años después.

–Sí. Tantas promesas rotas, tantas mentiras... Incluso yo llegué a mentirle a mi madre a la cara y, cada vez que lo hacía, el corazón se me rompía un poco más. Llegué a quemar periódicos para que ella no viera las fotografías de esas mujeres. Le decía que él estaba de gira. Le decía lo que fuera para evitar que el corazón se le rompiera cuando estaba sufriendo tanto. Ella le entregó su corazón y él la traición. Nos traicionó a todos cuando lo necesitábamos tan desesperadamente y eso jamás se lo perdonaré. Tampoco me perdonaré a mí misma. No tendría que haberle mentido. Desde donde esté, espero que me perdone.

No era de extrañar que Eva odiara tanto las mentiras. Aquella situación debía de haber sido muy dura para ella.

–Estoy seguro de ello, *cara*. Tu madre sabrá que lo hiciste por amor.

–¿Tú crees?

Dante extendió la mano y le apartó el cabello cuidadosamente del rostro.

–Estoy seguro.

Cuando ella le besó la mano, Dante no se pudo contener. Se inclinó sobre ella y la besó.

–Tu padre te defraudó. Os defraudó a todos, pero

no porque no os quisiera. No es un hombre fuerte, Eva. Tal vez le dolía demasiado verla así, con tanto dolor.

—A mí también me dolía, pero yo no me marché.

—Tú eres mucho más fuerte que él. Controlaste tu dolor y tu pena de un modo muy diferente. Tú te metiste en el ambiente de la fiesta, una forma perfecta de olvidar. Te rodeaste de personas que no eran capaces de hacerte daño. Tal vez por eso trataste de acostarte con Van Horn. Tú misma me dijiste que no sentías nada, por lo que él no suponía riesgo alguno para tu corazón.

—Tienes razón —dijo ella muy sorprendida—. Eso fue exactamente lo que hice. Ni siquiera veo ya a ninguna de las personas con las que salía. ¿Qué recuerdos tienes tú de tu casa?

Dante se aclaró la garganta y centró la mirada en el horizonte, por el que el sol ya estaba empezando a salir.

—No recuerdo nada más que cambios de humor y botellas de vodka rotas, *cara*.

Los dos quedaron en silencio durante unos instantes.

—No me extraña que me quitaras la botella de vino el día que cumplí los dieciocho años —comentó ella—. Tu madre y mi padre habrían hecho una buena pareja. Tal vez tu madre ahogaba su dolor en el fondo de una botella —añadió frunciendo el ceño—. ¿Crees que esa es la razón de que mi padre beba ahora más que nunca?

—Me imagino que no está muy contento consigo mismo, tesoro. Tiene que vivir con esa culpa. En la fiesta noté que casi no puede ni mirarte. Está avergonzado.

—Creo que tienes razón. A mí me está costando perdonarle y él tiene que vivir con esa culpa todos los días... ¡Oh, Dante! Ojalá pudiera ayudarle...

–Ya has hecho mucho por él, *cara*. Necesita encontrar la paz él solo.

Eva comenzó a acariciarle la mano. Entonces, los dos se miraron con una calidez especial. Ella le miró los labios un segundo antes de girarse sobre una cadera para poder ponerse cara a cara con él. El muslo desnudo rozó el de él. Aquella fricción fue suficiente para acelerarle el pulso.

–¿Puedo probar tu tiramisú?

Dante le ofreció su cuchara. Verla esperándola con la boca abierta le prendió fuego en las venas. Los gruesos labios de Eva la rodearon. Dante vio cómo una gotita de helado le caía sobre la curva del pecho.

Controló el deseo de inclinarse sobre ella y lamerle el helado directamente de la piel y se lo limpió con el pulgar. Entonces, se lo llevó a ella a los labios y observó cómo ella se metía la gruesa yema entre los labios...

La entrepierna de Dante comenzó a palpitar peligrosamente. La tentación de levantarla y colocársela sobre el regazo era demasiado fuerte. Sin embargo, en aquellos momentos, ella había bajado la guardia. Era su oportunidad.

Tratando de recuperar el control, le deslizó el dedo sobre los labios y lo llevó hasta la elegante curva del cuello. Allí, deslizó un dedo por debajo del tirante del sujetador.

–¿Te lo quitas alguna vez?

–Claro. En la ducha

–Dime por qué. ¿Por qué te disgusta algo tan hermoso?

–¿Aparte del hecho de que son lo suficientemente grandes como para llenar un panel publicitario y provocar el caos en Piccadilly Circus?

Dante recordó el comentario que él le hizo en la

fiesta benéfica. Se había sentido furioso con ella por hacer algo así.

–Veo que mi comentario te molestó.

–Por supuesto que sí, pero lo hice como un favor a Unidos por el Cáncer de Mama. Entonces, después de los accidentes que ocurrieron, los comentarios de la gente resultaron humillantes. Sin embargo, no me arrepiento. Aparentemente, ese anuncio supuso unos beneficios de millones de libras.

–Sí, no me sorprende.

Pensar que la mitad del mundo occidental pudo ver el setenta por ciento de sus pechos hacía que le hirviera la sangre en las venas.

–Sin embargo, creo que eso es tan solo una verdad a medias...

–Creo que empezó con mi madre. Recuerdo ciertas cosas muy vivamente. Las operaciones, cuando tuvieron que extirpárselos... No sé cómo explicarlo, pero... No hago más que ponerme en su lugar. Algunos días, me parece que puedo sentir su dolor.

–Estabas muy unida a ella. No es de extrañar, *cara*.

–Eso me hizo desear no ser una mujer. Cuando... –susurró ella tragando saliva–. Nunca he hablado de esto antes, pero supongo que tienes derecho a saberlo. Hace un par de años, me llevé un buen susto. Me encontré un bultito. Eso supuso especialistas, pruebas, biopsias...

Dante dejó su tarro de helado en el suelo para abrazarla.

–¿Y estabas sola?

–Sí. No necesitaba a nadie. Resultó ser benigno. Solo fue un susto. En resumen, el resultado de todo aquello es que no me gusta que me toquen y esto me lo recuerda –dijo. Se tiró un poco de la copa izquierda del sujetador y dejó al descubierto una cicatriz blanca de poco más de un centímetro de larga–. Por eso, siempre llevo sujetador. Supongo que podríamos decir que se ha convertido en una costumbre ya de la que no me puedo deshacer. Sin embargo, últimamente, con los besos y el sexo... Incluso cuando me miras me parecen diferentes y quiero que me los toques, pero me resulta difícil relajarme lo suficiente para ello.

–No me extraña. Cuando te han tocado los pechos, siempre ha sido algo impersonal, intrusivo. Frío. Supongo que doloroso también...

–Un poco.

Dante cerró los ojos un instante. Los sentimientos de Eva tenían sentido. Si nunca había experimentado placer en sus senos, ¿cómo iba a poder esperar algo diferente?

De repente, se le ocurrió una idea. Un lugar al que nunca había llevado a nadie.

–¿Te has traído un biquini?

–Sí...

–Bien. Quiero mostrarte algo. Está amaneciendo. Prepárate y me reuniré contigo abajo dentro de treinta minutos.

–¿Vamos a alguna parte? ¿Pero no tienes que trabajar?

–Hoy no –dijo. No se había tomado un día libre en quince años. Estaba seguro de que se lo merecía.

Una hermosa sonrisa le curvó los labios a Eva.

–Ven conmigo, Eva. *Per favore*. Divirtámonos un poco, *cara mia*. Tu madre siempre sonreía. Sonreía y decía: «La vida no es esperar siempre a que pase la tormenta, sino aprender a bailar en la lluvia».

Capítulo 12

TRAS escuchar las palabras de su madre en boca de Dante, Eva sintió deseos de bailar por primera vez en muchos años. Además, Dante se había tomado un día libre. En la canoa, ni siquiera llevaban un teléfono, aunque ella dudaba que hubiera sitio suficiente para uno. Era muy estrecha y algo precaria.

Se sentía muy feliz. El hecho de revivir los buenos tiempos y los recuerdos del pasado le había dado una sensación de paz que no había experimentado hacía años. Se sentía tan viva que quería divertirse. Hacer locuras.

Como la de permitirse imaginar, después de años de negarse aquel lujo, de pensar que podría haber una pequeña vida en su interior. Imaginar también que se casaba con Dante, que lo tenía para siempre. Ya no estaría sola. Ya no quería estar sola.

La noche anterior, después de hacer el amor, él no había hecho más que acariciarle el vientre, como si estuviera completamente convencido. Ella empezó a hacer lo mismo. Comenzó a pensar nombres, lo que era algo absurdo y surrealista. Y le daba miedo. Había hecho aquel tipo de cosas antes y recordaba perfectamente el dolor que había experimentado después. «No esperes más de lo que él pueda darte...».

Tenía que tener en cuenta que lo que habían compartido era solo pasión. Lujuria. Cuando esta se saciara, todo terminaría. En realidad, hacer el amor era el único momento en el que sentía el poder de los sentimientos de Dante. Por eso, como una adicta, ansiaba un poco más, una dosis más alta de la dominación sexual tan letal a la que él la sometía. La resistencia era inútil y ella se odiaba por tanta debilidad.

Sin embargo, Dante se había tomado un día libre por ella y Eva no pensaba desperdiciar ni un minuto.

Dante movía los remos con fuerza, cortando el agua. Se dirigían a una pared rocosa en la que, cuando se acercaron, Eva vio que la roca se abría en una especie de cueva. Entraron en ella e, inmediatamente, se vieron inmersos en una profunda oscuridad.

–¿Estás bien? –le preguntó él.

–Por supuesto. Me encanta la oscuridad.

–No te gustará tanto cuando te golpees la cabeza con una estalactita, tesoro –bromeó él. Entonces, gritó en voz muy alta–: ¡Luces!

La enorme caverna se iluminó suavemente. Las luces salían del fondo del lago.

–¡Vaya! –exclamó ella cuando los ojos se le hubieron acostumbrado a la luz–. Es como algo sacado de una fantasía –añadió, mientras admiraba las formaciones rocosas que bajaban del techo de la cueva–. Y el agua es maravillosa...

–Agacha la cabeza.

–¿De verdad? ¿Aquí?

Dante echó a reír con un sonido gutural, muy masculino. Aquel sonido hizo temblar a Eva. Nunca antes le había oído reírse a carcajadas. Siguió riéndose incluso después de obligarla a que colocara la cabeza entre las piernas.

–Quieta, Eva, a menos que quieras que el bote vuelque.

–¿Bote? ¿Llamas bote a esto?

–Bueno, ya está. Tú te lo has buscado.

Antes de que ella se diera cuenta de lo que estaba haciendo, Dante comenzó a menear el barco una... dos veces y, por fin, los dos cayeron al agua, que estaba tan cálida que Eva no tuvo prisa alguna por volver a salir a la superficie. Entonces, las manos de Dante le agarraron la cintura y la empujaron hacia la superficie.

–Eres un chico muy malo, Vitale...

–¿Ves eso? –le preguntó él mientras señalaba hacia una rendija en la roca, por la que entraba la luz natural en la caverna.

–Sí, lo veo.

–Esa es tu recompensa si haces todo lo que yo te pida durante los próximos veinte minutos. Te mostraré el cielo en la tierra.

–¿Todo lo que me pidas?

–Sí. Todo lo que te pida. Te juro que no te haré daño y, si en algún momento deseas que pare, solo tienes que decir la palabra.

–¿Qué palabra?

Dante le acarició el lóbulo de la oreja con la nariz y le susurró al oído.

–¿Y me mostrarás el cielo en la tierra?

–Te mostraré mucho más, *cara*.

–Está bien –dijo ella, sin dudarlo.

Dante se colocó a la espalda de ella y le rodeó la cintura con el brazo. Entonces, la estrechó con fuerza contra su cuerpo. El trasero de Eva acariciaba suavemente la entrepierna de él. Si Eva hubiera tenido alguna duda sobre lo que él tenía en mente, la firme columna de su excitación se lo habría explicado muy claramente.

Entonces, Dante la hizo avanzar por el agua hasta que llegaron a una roca.

–Sube –le dijo mientras la sacaba del agua–. No te des la vuelta.

Eva esperó. Caricias, órdenes... El corazón le latía rápidamente y las manos le temblaban. Oyó que él salía también del agua.

–Cierra los ojos –dijo. Entonces, se volvió a pegar a ella y la hizo avanzar por un pequeño sendero.

De repente, se detuvieron. Eva se veía tan abrumada por las sensaciones que se sintió muy insegura.

–¿Puedo abrir los ojos?

–No. Confía en mí, *cara mia* –respondió él. Entonces, le agarró suavemente las manos y se las colocó contra una pared.

Luego, le colocó los dedos en la nuca y, muy lentamente, comenzó a desabrocharle la cinta de la parte superior del biquini.

–Respira... No tengas miedo de tu cuerpo. Deja que te hable...

Eva sentía el cuerpo muy relajado, pero el resto de sus sentidos estaban muy afinados. Sintió que la tela cedía y que el peso de los senos perdía el apoyo del sujetador. Entonces, la suave tela le cubrió el rostro, evitando así que pudiera captar la poca luz que reinaba en la caverna.

Dante le había tapado los ojos. No tenía miedo. Solo anticipación en las venas y la vida latiéndole en el corazón.

–¿Qué sientes?

–Calor por todas partes, como si... como si estuviera en un infierno. Calor pegajoso.

–Más. Dime más... –le dijo él mientras le separaba las piernas con las enormes manos.

–Arena en las plantas de los pies. La piedra contra las palmas de mis manos. Y ahora... tus enormes manos rodeándome la cintura, agarrándome... extendiéndose sobre el vientre, metiéndose por las braguitas de mi biquini...

Sintió que las piernas se le doblaban, por lo que se inclinó hacia delante para apoyarse contra la pared.

–Me las estás quitando...

La excitación le abrasaba la piel. El sudor le caía por la espalda...

–Así es. Te las estoy quitando, bajándotelas por las piernas. Sueño con tus largas piernas, tesoro, alrededor de mi cintura. De mi cuello. Si no terminan conmigo, lo hará tu firme trasero...

Los largos dedos de Dante se le deslizaron por las piernas para sacarle las braguitas por los pies. Entonces, la besó y moldeó las manos contra las pantorrillas, lamiéndole luego la parte posterior de las rodillas.

Un primitivo gruñido se le escapó del pecho cuando comenzó a lamerle y a besarle la curva del trasero y luego a mordisquearle la espalda, apretando la boca contra cada centímetro de su piel. Eva se sintió completamente a su merced.

–Eso es, *cara*, entrégate a mí...

Eva apretó los labios. Se temía que ya era demasiado tarde para eso. Se había entregado a él hacía mucho tiempo. Dante la había poseído desde la primera vez que la vio.

El pánico se apoderó de ella cuando sintió que Dante deslizaba una mano hacia el vientre y la subía por el torso para agarrarle suavemente el seno izquierdo. El pánico se vio reemplazado por el gozo y no tardó en apretarse contra la mano de él.

–*Maledizione*, Eva... –susurró. Le colocó el pie en el interior de la pantorrilla y le obligó a separar la pierna. Después, le repitió el mismo gesto con la otra–. Más...

Ella hizo exactamente lo que le pedía y dobló un poco la cintura.

–Tienes la espalda más hermosa que he visto nunca –musitó mientras le acariciaba los hombros y comenzaba a bajarle por las vértebras una a una, como si se las estuviera contando.

Eva echó la cabeza hacia atrás y se arqueó sinuosamente.

–¿Qué es lo que sientes?

–Te siento a ti por todas partes...

Efectivamente, Dante estaba completamente pegado a ella. Podía sentir su erección a través de la tela del bañador. Sin pensarlo, apartó una mano de la pared y le tocó. Le agarró con fuerza, decidida a provocarle aún más. Sin embargo, él se apartó.

–No. Esto tiene que ver con que tú sientas placer, no yo.

Antes de que a Eva se le pudiera ocurrir una respuesta, él le agarró el pezón entre los dedos y consiguió sacarle un gemido de la seca garganta. Sin embargo, cuando deslizó los dedos por la pequeña cicatriz, ella se tensó. Sin embargo, no se apartó de él.

–Eres muy valiente, tesoro...

–Dante, tengo miedo...

–No tengas miedo, Eva. Ya no. Prométemelo. Pase lo que pase –dijo él. Entonces, deslizó la mano por el torso hacia abajo, para colocársela de nuevo sobre el vientre.

Otra orden. Otra caricia. Consiguió inflamarla por completo, borrando todo pensamiento racional. Y el miedo. Llegó un momento en el que ella ya no se pudo resistir a la presión del deseo. Entonces, Dante le volvió a acariciar suavemente el pezón, enviándole otra oleada de placer al centro de su feminidad.

—Oh, Dios, Dante, yo...

—¿Qué, *cara mia*?

—Cuando haces eso...

Dante volvió a hacerlo. Le mordió el hombro y se lo lamió después. Entonces, le agarró los dos senos y apretó suavemente la carne. El cuerpo de Eva se convulsionó con las primeras sensaciones de un orgasmo, un orgasmo que no había experimentado nunca antes.

—Dios, Eva... Déjate llevar.

Ella dejó de controlar su cuerpo. Le tocó el trasero, buscándole. Provocándole.

—Dante, por favor...

En ese momento, oyó que él soltaba una maldición y que entonces temblaba como si estuviera luchando contra algo, una batalla interna que amenazaba con hacerle perder el control.

—Eva, no me supliques, *cara*. No tengo preservativo —susurró él. Le besó la nuca ardientemente al tiempo que volvía a apretarle el pezón entre los dedos. Entonces, le deslizó la mano sobre el vientre—. Déjate llevar, *cara* —añadió, y le metió dos dedos—. Déjate llevar...

Eva explotó en un millón de trozos con la fuerza de un orgasmo que la desgajó por completo.

—¡Dante! —gritó.

Parecía no terminarse nunca. Las sensaciones la transportaron tan alto que temió la caída. Sin embargo, él no se detenía. Metía y sacaba los dedos mientras ella se convulsionaba contra su mano, presa por completo del placer.

Cuando comenzó a relajarse, sintió que las piernas se le doblaban. Dante apartó la mano del pecho para sujetarla por la cintura.

—No te dejaré caer. Te lo juro... Otra vez...

—Yo... no puedo.

–Claro que puedes –dijo mientras seguía moviéndose con intensidad contra ella–. Eres tan hermosa, Eva...

Le lamía la espalda con los labios y le mordía los hombros, mientras notaba su gruesa erección contra el trasero y, entonces, sintió otra explosión. Otro orgasmo que la desgajó por dentro, convirtiéndole el vientre en calor húmedo y fuego líquido. La piel le ardía y le costaba respirar. Se sentía como una llama viva.

En ese momento, conoció la verdad. Se había estado mintiendo durante mucho tiempo.

Dante Vitale era el dueño de su corazón. De su corazón, de su cuerpo y de su alma. Siempre había sido así y siempre lo sería.

Cuando por fin le resultó posible hablar, dijo lo único que le fue posible decir. Lo único que podía decir para bloquear las palabras que amenazaban con escapársele de entre los labios, unas palabras que llevaba grabadas en el corazón desde que tenía dieciocho años. «Te amo...».

–Me rindo.

Capítulo 13

ENTRE violentos temblores, Eva se levantó de la delirante posesión para encontrarse sentado a horcajadas sobre el regazo de Dante. Él se había sentado a su vez sobre el suelo de la cueva.

Eva enterró el rostro en el cuello y se rindió a las atenciones que él le proporcionaba. Le colocó el sujetador del biquini en su sitio y se lo ató a la nunca con una cariñosa caricia.

Dante levantó las rodillas y la empujó a ella hacia delante hasta que los dos estuvieron piel contra piel. Instintivamente, se aferró a él como si fuera un salvavidas. Él la abrazó también meciéndola con suave persuasión como si ella fuera su posesión más preciada.

Inmediatamente, decidió que era un pensamiento estúpido. Que ella le hubiera entregado su corazón era una cosa, pero no significaba que estuviera lo suficientemente loca como para imaginar que él la correspondía. No quería aferrarse a él ni necesitarle.

Necesitaba espacio. Para pensar. Para respirar.

Se apartó de él y trató de zafarse de su abrazo. Una pequeña parte de ella quería que él se resistiera a dejarla marchar, pero esa pequeña parte se llevó una desilusión cuando él la soltó sin resistirse.

–¿Te puedes poner de pie, tesoro? –le preguntó él.

–Creo que sí...

Dante le agarró la cintura y la ayudó a ponerse de

pie. Entonces, se dio cuenta de que seguía desnuda de cintura para abajo. Dio un paso atrás y se apoyó contra la pared rocosa mientras él se levantaba y comenzaba a sacudirse la arena de las piernas.

En ese momento, Eva se dio cuenta.

—Arena negra... —dijo. ¿Qué otra clase de arena sino la volcánica podrían tener las cuevas de Dante?

—Espera aquí —comentó. Dobló una esquina y desapareció.

En unos segundos, Dante reapareció. Tenía una bolsa deportiva en la mano. Tanto él como la bolsa estaban empapados.

En su interior, llevaba una botella de agua. Abrió la tapa y se la pasó a ella.

Eva agradeció que el agua le refrescara la garganta.

—Creo que te prometí el cielo en la tierra —dijo él, antes de beber también de la botella.

Al ver cómo la garganta subía y bajaba al tragar el agua, Eva sintió otra oleada de calor. Se quitó la banda elástica que llevaba en la muñeca y se recogió el cabello para apilárselo en lo alto de la cabeza. Cuando volvió a mirar a Dante, se dio cuenta de que él la miraba fijamente.

—¿Qué pasa?

—Con el cabello así, me recuerdas la primera vez que te vi.

—Te equivocas. Aquel día llevaba el cabello suelto. Estabas jugando al tenis con Finn en la pista de tenis de casa...

—Esa no fue la primera vez que te vi.

—¿No? —preguntó ella atónita.

—No —replicó él. Entonces, le señaló la abertura que le había mostrado antes—. Vamos, tesoro. Las damas primero.

Eva decidió que era mejor no seguir preguntando. Echó a andar por el estrecho sendero y, cuando llegaron al borde de la abertura, contuvo la respiración y se deslizó por el angosto espacio. Al principio, la cegadora luz le impidió ver dónde se encontraba.

Antes de que los ojos se le ajustaran a la luz, escuchó el sonido del agua cayendo y el canto de los pájaros. Se tapó los ojos con una mano y, poco a poco, pudo abrir los ojos.

–¡Oh, Dante!

Unas cascadas caían en un lago de color azul. Los árboles parecían cargados de flores y de frutas exóticas. Una mariposa pasó aleteando muy cerca de su rostro para acomodarse sobre una verde pradera salpicada de flores blancas.

–Esto es... como Fantasía. No creía que pudieran existir lugares como este –susurró con los ojos llenos de lágrimas. Giró la cabeza para que él no la viera llorar.

–¡Eh! No te ocultes de mí. No escondas tus sentimientos. Si hace que te sientas mejor, yo también me sentí abrumado cuando descubrí este lugar.

–¿Has traído aquí a...? –preguntó. No pudo terminar la frase por temor a la respuesta. Seguramente habría llevado montones de mujeres allí.

–Solo a ti –dijo. Tras acariciarle suavemente la nariz, se acercó a un árbol cargado de flores y frutos. Arrancó una enorme flor blanca rodeada por frutos morados oscuros.

–¿Es eso fruta de la pasión?

–Es muy similar, pero mucho más potente... –comentó mientras hacía girar la flor entre los dedos.

–¿Como afrodisíaco?

–Sí.

Dante se acercó con la flor en la mano.

–Parece una orquídea.

–Sé que no te gustan las flores...

–¿Y quién ha dicho que no me gustan las flores? ¡Ah, bueno! Eso es completamente diferente. Pedirle a tu secretaria que me llene la tienda de flores es completamente diferente a...

Eva le miró a los ojos mientras que él deslizaba el tallo entre sus senos.

–¿A qué, *cara mia*? –murmuró. Comenzó a acariciarle suavemente el borde del biquini, torturándola, tentándola.

Cuando le colocó una mano sobre uno de los pechos, Eva cerró los ojos. Entonces, él bajó la cabeza, apartó la tela dorada y le dio un beso sobre la pequeña cicatriz. Una. Dos veces.

–Es diferente a que la elijas tú –susurró ella.

Cuando Dante levantó la cabeza y la miró, parecía estar a punto de decirle algo. Prácticamente, ella vio su lucha interna. Entonces, cuadró los hombros y dejó muy claro que no iba a revelar nada.

–Este lugar es una de las razones por las que compré esta isla. El hecho de que nadie hubiera estado aquí antes me llegó muy dentro. Yo, el más frío de los hombres, incluso el más cruel según algunos, soy el dueño de este lugar. Divertido, ¿no te parece?

–No. Yo creo que es maravilloso. Quien dijo que tú eres frío, es porque no te conoce, Dante.

–Te garantizo que esa mujer en cuestión me conocía muy bien, *cara*.

–¿Estás hablando de tu exesposa? ¿Por qué te casaste con ella?

–Mi padre deseaba esa unión. Dos antiguas familias italianas unidas. Yo me resistí durante mucho tiempo.

Mirándolo bien, creo que estaba destinada a fracasar desde el principio.

–Suena muy... frío.

–Ártico, *cara* –replicó él en tono irascible. Entonces, pareció cerrarse de nuevo sobre sí mismo y dio la conversación por terminada.

Eva se quitó la flor del escote y se la prendió en el cabello. Entonces, dio un paso hacia él. Dante se había agachado junto al agua y había metido la mano como para probar la temperatura.

–La gente de por aquí llama las Cataratas de los Sueños a este lugar –dijo–. Dicen que, si pides un deseo, tu sueño se hace realidad.

–¿Y tú crees eso?

–En mi experiencia, los sueños nacen del trabajo duro y de la determinación.

–Vitale. Llevar la empresa a alturas estratosféricas. Ese es tu sueño y por eso trabajas día y noche. ¿Por qué? ¿Por dinero? ¿Por poder? ¿Acaso no tienes suficiente de las dos cosas?

–La riqueza no me importa. Es una cuestión de valía. De orgullo. Tú te enorgulleces de hacer bien tu trabajo, ¿no?

–Sí, pero tú eres uno de los hombres más ricos del mundo y no te detienes. ¿Qué estás tratando de demostrar? ¿O tal vez tiene que ver con tu padre?

–No se trata de demostrar nada a nadie. Lo hago por mí mismo –mintió.

Eva se acercó a la orilla y se sentó sobre el borde. Entonces, metió las piernas en el agua. Dante se sentó a su lado. Eva esperó un momento, que aprovechó para elegir cuidadosamente sus palabras.

–Supongo que fuiste a vivir con él después de que tu madre muriera, ¿no? –le preguntó. Como única respuesta, Dante asintió con la cabeza–. ¿Y cuándo podré conocerle? Después de todo, podría ser el abuelo de mi hijo.

Dante levantó la cabeza rápidamente, con un gesto fiero y letal en el rostro.

–Escucha bien esto, Eva. No quiero que mi hijo se acerque a él. Ni tú tampoco. *Capisci?*

–¿Te maltrató?

–Solo con la lengua, *cara*. Aunque te aseguro que, en ocasiones, hubiera preferido un bofetón.

–¿Sigues viéndolo por asuntos relacionados con la empresa?

–Sí, pero él ya no controla mi mundo. Yo controlo el suyo. El poder es mío. Vitale se estaba ahogando cuando yo me hice cargo y ahora también me pertenece.

El silencio se extendió entre ellos hasta que ella levantó la mano y le acarició suavemente la mandíbula. Cuando por fin se miraron a los ojos, ella se quedó boquiabierta. Tal frustración. Tal dolor. ¿Qué clase de infancia había tenido? No era difícil de imaginar teniendo en cuenta el resentimiento que mostraba.

–Dante, por fin te veo tal como eres –susurró–. Escúchame. Yo no conozco ni un solo hombre más que pudiera alcanzar las alturas de tu éxito. Espero que estés muy orgulloso. ¿Recuerdas lo que me dijiste esta mañana? Sobre los recuerdos de mis padres, me dijiste que guardara los buenos en mi corazón. Por eso, yo te digo que tú hagas lo mismo con tus éxitos. Guárdalos en tu corazón. Y siéntete orgulloso de ti mismo.

Entonces, se inclinó sobre él y le besó en la comisura de los labios.

–No le permitas a tu padre que siga rigiendo tu vida. Levántate por encima de él. Prométemelo.

Durante un largo instante, Dante la miró a los ojos.

El vínculo entre ambos resultó tan intenso que el mundo pareció desaparecer a su alrededor, como si los dos fueran los únicos seres vivos del planeta. Aquella mirada decía millones de cosas y que, como los misterios del universo, ella fue incapaz de comprender.

–¿Nunca has deseado algo más? ¿Más que Vitale? ¿Más que el éxito? –le preguntó.

–¿Y por qué otra cosa merece la pena vivir, Eva?

–No lo sé... ¿El amor, tal vez? –le preguntó, tras armarse de valor.

–El amor no es posible para un hombre como yo.

Eva asintió lentamente. Sintió más frío de lo que podría haber experimentado en toda su vida. Se había estado mintiendo pensando que se podía casar con él y no querer nada más, no querer su amor. En realidad, era lo único que quería. Su corazón.

–¿Por qué me has traído aquí, Dante? –le preguntó apretando los labios.

–Porque sabía que apreciarías una belleza tan espectacular –respondió él sin saber la tormenta que se estaba produciendo en el interior de Eva–. Te la daré si la quieres.

Eva giró la cabeza para mirarlo.

–¿Dármela?

–Sí, como regalo de bodas.

–Pareces estar muy seguro de que estoy embarazada, Dante.

–Sí, lo estoy –replicó él encogiéndose de hombros.

–Deseas mucho este bebé, ¿verdad?

–Sí. Mucho. Llevo mucho tiempo deseando un heredero. Sería un sueño hecho realidad.

Eva se tensó al escuchar aquellas palabras. ¿Un heredero?

–Por eso te casaste con Natalia –dijo ella, cayendo

en la cuenta de repente–. No solo para agradar a tu padre, sino para tener un heredero.

–Por supuesto. ¿Por qué si no?

Dios santo. Eva había estado soñando con iglesias y bebés mientras que Dante solo buscaba un heredero. Desde el principio, Vitale había sido la única razón y la habría atraído como el flautista de Hamelín con su flauta. Primero por Hamptons y luego para proporcionarle un posible heredero a Vitale. ¿Cómo había podido estar tan ciega? ¿E intentaba contentarla con sexo y una isla?

–Me imagino que vale mucho dinero...

–Varios millones. Será fácil de organizar. Puedo tener los contratos prematrimoniales corregidos para esta tarde si así lo deseas.

Eva sintió que el mundo dejaba de girar. Durante un segundo, llegó a pensar que su reacción estaba siendo exagerada, irracional.

–¿Has mandado redactar unos contratos prematrimoniales?

–Sí. Esta mañana. ¿Hay algún problema?

Eva le había contado todos sus secretos, sus temores, había bajado las defensas y le había abierto su corazón. Lo único que quería era que él la abrazara y él la había dejado sola en su cama para ir a redactar unos contratos prematrimoniales. ¿Cómo podía ser un hombre tan frío? ¿Tan cruel?

–¿Por qué un contrato, Dante? ¿Acaso no confías en mí?

–No se trata de una cuestión de confianza.

–Sí que lo es... ¿Contra qué protege exactamente ese contrato a tu heredero?

–Eva, te estás equivocando. Nos protege a todos. Tú tendrás una seguridad económica...

–Yo no quiero tu dinero, Dante, y no me voy a casar con un hombre que no confía en mí. Todo resulta tan frío... No soy uno de tus almacenes, que puedas comprar o asegurar por medio de un contrato. No puedes controlar mi vida.

Dante se puso de pie. Tenía un gesto impenetrable en el rostro.

–Escucha esto, Eva –le espetó con una mirada aterradora–. Si estás embarazada, nos casaremos. No tendrás elección.

–Claro que la tengo –replicó ella con voz airada–. Hay una cosa que no puedes controlar. Haya niño o no lo haya, no me pienso casar contigo.

–Ya hemos hablado de la necesidad del matrimonio, Eva...

–Te aseguro que no me importa en absoluto la reputación por la que tanto he luchado. La gente tendrá que aceptarme tal y como soy. No me importa lo que se diga sobre mí. Yo sé la verdad y puedo vivir conmigo misma.

–Sabes lo importante que es para mí que ese niño lleve mi apellido. Me diste tu palabra, Eva. ¿Cómo te atreves a preguntarme que por qué no confío en ti después de esto?

–Lo sé y lo siento, pero ¿es que no te das cuenta? Tienes que confiar en mí. Yo no soy tu madre. Ni tu padre. No se trata de casarse conmigo para evitar que la historia se repita. Tú tampoco eres como tu padre. Tienes honor, integridad. Serías un gran padre.

–Entonces, ¿por qué rompes tu palabra? ¿Por qué te niegas a casarte conmigo? –le preguntó él con fiereza.

–Porque quiero amor –confesó ella–. Quiero casarme en una hermosa iglesia y saber que el hombre que está frente a mí me ama por lo que soy, no por lo que puedo darle. Quiero un cuento de hadas y eso jamás lo tendré a tu lado.

Dante la miró. El tormento parecía atenazar sus rasgos.

–Una noche. Conseguiste tu noche, Eva. Cinco años más tarde, pero la conseguiste.

Eva lo observó fijamente. Hubiera dicho que él estaba dolido, pero eso era imposible. ¿Cómo era posible que ella tuviera el poder de hacerle daño?

–Lo siento mucho.

Con manos temblorosas, Eva se quitó el anillo de compromiso. No dijo ni una sola palabra porque sabía que se desmoronaría. Dio dos pasos al frente y se lo colocó en la mano.

–En cuanto lo sepa, te lo diré. Creo que tengo tus tres números de teléfono.

–Muy bien –replicó él. El cinismo que ella había tardado una semana en borrarle de los labios, volvió a hacer acto de presencia.

Dante arrojó el anillo al aire y volvió a atraparlo con la misma mano. En aquel momento, comenzó a llover abundantemente. Eva dio las gracias a la madre naturaleza por aquella lluvia, que le ayudaba a ocultar las lágrimas que le caían por las mejillas.

El diamante amarillo volvió a saltar por el aire. En aquella ocasión, él se dio la vuelta para marcharse. Eva sintió que el corazón se le partía en dos cuando oyó el suave golpecito que anunciaba que la esperanza y el cuento de hadas estaban sumergiéndose en las oscuras profundidades del lago.

Capítulo 14

Dos semanas más tarde...

Dante se aflojó el nudo de la corbata y se desabrochó el botón del cuello de la camisa. Miró fijamente la puerta y se preguntó una vez más por qué no podía llamar.

Tenía mucho frío. La nieve se acumulaba frente a la boutique de Eva y le había humedecido el interior de sus zapatos italianos.

La deseaba tanto...

Por primera vez en su vida, tenía mucho miedo. Llevaba todo el día de Nochebuena recorriendo la ciudad mientras preparaba mentalmente discursos que ya no podía ni siquiera recordar.

Respiró profundamente y, tras levantar la mano, llamó a la puerta. Cuando escuchó sonidos metálicos al otro lado de la puerta, se preparó. Sin embargo, cuando la puerta se abrió, sintió que el corazón se le detenía.

Allí estaba Eva, con un adorable aspecto somnoliento que le hizo recordar muchas cosas y desearlas de nuevo en su vida.

–Hola, Dante...

En ese momento, él se dio cuenta de que ella estaba muy pálida. Unas profundas ojeras adornaban su hermoso rostro.

–Eva, ¿estás enferma?

–Yo estaba a punto de preguntarte lo mismo –replicó ella.

–No te preocupes por mí, *cara*. ¿No te encuentras bien?

–No. No estoy enferma, Dante. Solo estoy cansada. No he parado desde...

–Sí, desde luego. Enhorabuena, *cara*. Una princesa es un logro muy notable.

–Nos conocimos en una cena benéfica –dijo ella con una ligera sonrisa–. Me atreví a enviarle algunos diseños y a ella le encantaron.

–Me siento muy orgulloso de ti, tesoro.

–Gracias –repuso ella. Se colocó la mano sobre la suave curva del vientre.

Al ver ese gesto, Dante sintió una sacudida. Sabía que no era muy sutil y sabía que ella sospecharía que aquella era la única razón de que estuviera allí, pero no pudo evitar preguntar.

–¿Sabes si estás...?

Eva apretó los labios y movió ligeramente la cabeza. Dante experimentó una serie de sentimientos encontrados. Pena porque ella no estuviera esperando su hijo. Dolor porque no la volvería a ver después de aquella noche. Alivio porque pudiera decirle la verdad sin que ella cuestionara su sinceridad.

–Lo único que te pido son veinte minutos, Eva –le dijo–. Me gustaría explicarme. Luego me marcharé y te juro que jamás volveré a molestarte.

–Está bien –respondió Eva tras pensárselo unos segundos–. Veinte minutos.

Dante atravesó el umbral y cerró la puerta a sus espaldas. Entonces, siguió a Eva hasta el salón. Allí comprobó que ella había estado preparando las decoraciones navideñas.

–Veo que te he interrumpido. Siento haber venido tan tarde, pero he ido a ver a Yakatani.

–Por supuesto –repuso ella mientras se sentaba en el sofá–. No era mi intención sonar enfadada, Dante. Me alegro por ti. De verdad.

–No he firmado el contrato de Hamptons, Eva.

–¿Por qué no? –preguntó ella muy asombrada.

Antes de responder, Dante se sentó sobre la mesita de café, frente a ella. Se colocó los codos sobre las rodillas y entrelazó las manos.

–Porque tenías razón. Mi padre negó mi existencia hasta que mi madre murió y él se vio obligado a acogerme. Por supuesto, su familia legítima me odiaba y yo traté de superar el dolor enterrándolo en Vitale. He trabajado día y noche desde hace quince años para demostrar que era merecedor de ellos, y Hamptons era la joya de la corona. Sin embargo, cuando me paré a pensarlo, decidí que prefería que fueras tú la que estuviera orgullosa de mí. Tú mereces más mi esfuerzo que mi padre. Quería demostrarte que tú siempre te antepondrías a mi empresa. Y no haré que te sientas incómoda por decir mentiras por mí...

–¿Se lo contaste todo?

–Sí.

–No me puedo creer que hayas hecho eso por mí –susurró mientras meneaba la cabeza.

–Yo haría cualquier cosa por ti, Eva –confesó Dante–. Daría todo lo que poseo por poder pasar un día más contigo. Si enfermaras, cambiaría mi vida por la tuya –susurró. Una lágrima cayó por la mejilla de Eva al escuchar aquellas palabras–. Lo único que no puedo hacer es conseguir que me ames. Esa era la verdadera razón por la que hice redactar esos contratos. Tenía miedo y, con ellos, quería asegurarme de que te quedaras a mi lado y esperar que no ocurriera lo inevitable...

–¿De qué estás hablando?

–Cualquiera que mire tus vestidos sabría que tú quieres el cuento de hadas. Te resistías a él por tu padre y por el riesgo a tu salud. Yo traté de darte ese cuento de hadas porque lo deseaba también. Desde el principio, traté de hacerte mía, tentarte con lo que podía ofrecerte. No hacía más que pensar que ya eras mía y que al día siguiente te pediría que te casaras conmigo. Sin embargo, en cuanto te tocaba, perdía la cabeza. Además, sé que esto suena raro, pero para mí ya eras mi esposa. Sin embargo, nada cambia el hecho de no haber tomado precauciones. Sabía que no me merecía pedir tu mano, así que me aferré a la esperanza de que estuvieras embarazada. No por tener un heredero, sino por la oportunidad de tenerte a ti.

–No... no me puedo creer que esto esté ocurriendo de verdad. ¿Has dicho «desde el principio»?

–Sí. El día que fuimos a la joyería, me sentía consumido por la necesidad de ponerte mi anillo en el dedo. Todo lo que te dije aquel día era verdad. Todo. Caricias, flores, besos... Todo me salió del corazón.

–Dime una cosa. ¿Cuándo fue la primera vez que me viste?

–La noche antes de que nos presentaran en los jardines, Finn y yo llegamos tarde de una discoteca. No podía dormir. Bajé a la cocina a por un vaso de agua y tú estabas allí. Con el cabello revuelto, tus largas piernas y un pijama. Estabas buscando algo con lo que satisfacer tus deseos de algo dulce, *cara*. ¿Y sabes lo que pensé?

–No...

–Pensé que eras un ángel. Pensé que no te merecía y que jamás podrías amarme, pero movería el cielo y la tierra para hacerte mía. Sin embargo, la noche de la caseta tú estabas sufriendo mucho. Entonces, me pediste solo una noche. Una noche jamás habría sido suficiente para mí.

Dante observó cómo ella se llevaba la mano al pecho. Los ojos se le habían llenado de lágrimas. Se acercó un poco más a ella.

–Ahora, voy a marcharme, pero quiero que sepas una cosa, Eva. La verdadera razón por la que te estoy contando todo esto. Sé que nunca podrás corresponderme, pero, si alguna vez me necesitas, estaré ahí para ayudarte. Te juro que tú siempre serás lo primero para mí. Te juro que te cuidaré en tus días más oscuros y que jamás te dejaré caer. Prométeme que lo recordarás...

–Dante...

–¡Júramelo, Eva!

–Te lo prometo –susurró ella. Las lágrimas caían abundantemente. Él acercó la mano y se las secó con el pulgar.

–No llores, *per favore*. No puedo soportarlo. Ahora, me marcharé.

Dante se puso de pie y se inclinó sobre ella para darle un beso en la frente. Entonces, le susurró contra la delicada piel:

–Siempre te amaré, Eva.

Se incorporó para darse la vuelta y marcharse, pero...

–¡No! –exclamó ella. Se acercó a él y le agarró el rostro entre las manos–. ¡No vuelvas a dejarme! Te necesito.

Entonces, ella lo besó, lo besó hasta que consiguió que Dante le devolviera el beso. Cuando él salió de su estupor, le rodeó la cintura con los brazos y la estrechó contra su cuerpo. La había echado tanto de menos...

Manos desesperadas se tocaron por todas partes.

Sonidos salvajes de necesidad llenaron el aire. Había tanto amor. Sin embargo, él aún no sabía que el amor que llenaba el corazón de Eva era para él.

–Eva, *cara mia*. ¿Qué es lo que significa esto exactamente?

–¡Ay, Dante! ¡Significa que te amo! Siempre te he amado. Fue amor, obsesión y lujuria a primera vista. Diez minutos después, yo ya había diseñado mi traje de novia.

–Pero si tan solo me pediste una noche, Eva... Una noche.

–Porque pensaba que eso era lo único que tú podías darme. Lo único que yo quería era poder estar contigo. Que mi primera vez fuera contigo... No me puedo creer que no te dieras cuenta...

–No tenía ni idea. Pensé que solo se trataba de atracción sexual. De pasión. No creía que el amor fuera posible para mí. Todas las mujeres con las que he estado solo buscaban mi dinero. Hasta mi esposa. Aceptó la lucrativa oferta de mi padre para acostarse con mi hermano Lazio unas semanas después. Los pillé juntos. En realidad, yo intentaba verla lo menos posible sin entender realmente por qué. Cuando los encontré juntos, no sentí nada más que ira hacia mí mismo y un profundo alivio. Natalia me dijo que ella no podía competir con Vitale, pero hasta ahora no me he dado cuenta de que la competencia eras tú.

–Oh, Dante... ¿Por qué no me dijiste lo que sentías entonces?

–Mi madre me decía que yo era como mi padre. Frío, oscuro y difícil de amar...

–Te aseguro que no eres ninguna de esas cosas. Ni frío ni oscuro. En cuanto a lo de difícil de amar... Creo que eres el hombre más adorable del mundo y te amo por ello.

. Los dos se abrazaron y cayeron sobre el sofá. Allí, se besaron apasionadamente.

–Eva... dímelo otra vez.

–Te amo. Siempre te amaré –susurró ella.

Dante cerró los ojos un instante y, entonces, se metió la mano en el bolsillo. Cuando sacó el puño, abrió lentamente los dedos...

–Oh, Dante...

–Regresé al lago cuando tú te marchaste de la isla –musitó mientras le deslizaba el anillo en el dedo–. Reconozco que no fue mi mejor momento, pero aquel día estaba muy asustado. No quería necesitar tu amor –susurró. Entonces, se colocó la palma de la mano contra su corazón–. Cásate conmigo, Eva. Deja que te haga mía. Sin contratos. Sin bebes si así lo deseas. Solos tú y yo.

Los ojos de Eva se volvieron a llenar de lágrimas. ¿Cuántas veces había soñado con aquel momento? De pronto, reparó en lo que él había dicho.

–Un momento, ¿nada de bebés? Pero podría estar esperando uno.

–¿Cómo? Me dijiste que no.

–No. En realidad, no te dije nada. Llevo días armándome de valor para hacerme la prueba, rezando con estar embarazada porque quiero tener un hijo tuyo desesperadamente y no puedo vivir sin ti. Incluso llegué a sentir la tentación de firmar ese estúpido contrato. El dolor cuando no estabas cerca de mí era...

–Eva... Yo también lo sentí, *cara*.

–Entonces, me sentí una egoísta por desear tu amor cuando yo solo te reportaba dolor, pero... Ahora, si quieres, podemos hacer juntos la prueba...

–Luego –susurró él con aquella sonrisa que le provocaba extrañas sensaciones en el vientre.

Dante se puso de pie y la tomó entre sus brazos una vez más. Comenzó a besarla de nuevo e hizo que la lengua se convirtiera en un látigo de terciopelo que la atormentaba de placer.

Ella le rodeó la cintura con las piernas y se frotó contra la gruesa columna de su ardor mientras Dante la llevaba al dormitorio.

Allí, la dejó sobre la cama y se quitó la chaqueta. De rodillas sobre la colcha, Eva vio cómo él se despojaba de la camisa, de los pantalones y le mostraba lo mucho que la deseaba.

–Aún no me has respondido... Si me dices que no, tengo un modo muy útil para hacerte cambiar de opinión.

Eva sonrió y se quitó el vestido por la cabeza. Entonces, se desabrochó el sujetador y se reclinó sobre los cojines.

–Adelante. A ver si haces lo que dices que puedes hacer, Vitale.

–Puedes estar segura –gruñó él. Se tumbó sobre ella con la gracia de un depredador.

Un buen rato más tarde...

Dante y Eva estaban tumbados sobre las sábanas revueltas, el uno frente al otro. Él tenía entrelazadas las piernas de Eva con las suyas y jugueteaba con un mechón de cabello entre los dedos. Jamás había conocido tanta felicidad...

–Entonces, ¿con cuál de los síes que gritaste accediste a casarte conmigo?

156

—Con los cincuenta. Tu técnica es muy buena.

—Mi objetivo es agradar —murmuró él. Le cubrió un seno con la mano y gozó al ver el modo en el que ella se apretaba contra la palma—. Aunque me gustaría escucharlo una última vez antes de que ese aparatito se ponga azul.

—Ni siquiera tú me puedes provocar un orgasmo en noventa segundos, Dante...

—¿Quieres apostarte algo? —gruñó él. Le agarró la cintura y se tumbó de espaldas, tirando de Eva a la vez. Ella se echó a reír.

Se sentó encima de él a horcajadas y comenzó a mover las caderas para acogerlo dentro de ella.

—Te amo... —susurró.

—Yo también te amo, *cuore mio*. Siempre te amaré.

Dante le agarró las deliciosas curvas del trasero y protestó cuando ella dejó de besarle para inclinarse hacia la mesilla de noche. Sin embargo, la mantuvo sujeta para que ella no pudiera separarse de su cuerpo.

—Es medianoche... —dijo con la barrita blanca en la mano—. Feliz Navidad, amor mío.

Dante sintió que el corazón comenzaba a latirle con fuerza en el pecho. Nunca sabría qué había hecho para merecerse un regalo tan maravilloso como Eva.

—Cuando cuente tres, los dos miramos a la vez —dijo ella—. Uno, dos, tres...

Dante no miró la barrita. No fue necesario. Encontró la respuesta escrita en el hermoso rostro de Eva. En ese momento, se juró que haría todo lo que pudiera para preservar aquel gesto de felicidad en estado puro y conseguir que durara el resto de sus vidas.

Bianca

¿El matrimonio era la única solución a los problemas de ambos?

Lyn Brandon había pospuesto todo en su vida para proteger y cuidar a su querido y huérfano sobrino. Por eso, cuando llegó el poderoso e impresionante Anatole Telonidis y reclamó que el niño volviera a Grecia con su familia, a ella se le heló la sangre... aunque se le aceleró el pulso.

Anatole había pasado la vida levantando el emporio familiar. En ese momento, para salvar ese legado, tenía que conseguir que la hermosa Lyn acatara su orden. Debería ser fácil, pero Lyn no era solo la mustia violeta que parecía. Su obstinada resistencia le obligó a hacer el sacrificio definitivo... ¡el matrimonio!

Legado griego

Julia James

Acepte 2 de nuestras mejores novelas de amor GRATIS

¡Y reciba un regalo sorpresa!

Oferta especial de tiempo limitado

Rellene el cupón y envíelo a

Harlequin Reader Service®
3010 Walden Ave.
P.O. Box 1867
Buffalo, N.Y. 14240-1867

¡Sí! Por favor, envíenme 2 novelas de amor de Harlequin (1 Bianca® y 1 Deseo®) gratis, más el regalo sorpresa. Luego remítanme 4 novelas nuevas todos los meses, las cuales recibiré mucho antes de que aparezcan en librerías, y factúrenme al bajo precio de $3,24 cada una, más $0,25 por envío e impuesto de ventas, si corresponde*. Este es el precio total, y es un ahorro de casi el 20% sobre el precio de portada. !Una oferta excelente! Entiendo que el hecho de aceptar estos libros y el regalo no me obliga en forma alguna a la compra de libros adicionales. Y también que puedo devolver cualquier envío y cancelar en cualquier momento. Aún si decido no comprar ningún otro libro de Harlequin, los 2 libros gratis y el regalo sorpresa son míos para siempre.

416 LBN DU7N

Nombre y apellido	(Por favor, letra de molde)
Dirección	Apartamento No.
Ciudad	Estado Zona postal

Esta oferta se limita a un pedido por hogar y no está disponible para los subscriptores actuales de Deseo® y Bianca®.
*Los términos y precios quedan sujetos a cambios sin aviso previo.
Impuestos de ventas aplican en N.Y.

SPN-03   ©2003 Harlequin Enterprises Limited

SOLO SI ME AMAS

ANNA CLEARY

Ariadne Giorgias había caído en la trampa. En lugar de ser recibida en Australia por unos amigos de la familia, se había encontrado con un extraño espectacularmente atractivo, Sebastian Nikosto.

Sebastian no sabía qué esperar de la esposa impuesta por contrato. Pero, desde luego, lo que no se esperaba era a la hermosa Ariadne, ni la incendiaria atracción que chisporroteaba entre ellos. Ninguno de los dos parecía demasiado ansioso por anular el matrimonio, tal y como habían acordado.

Una novia por encargo entregada a domicilio

¡YA EN TU PUNTO DE VENTA!

Bianca

No sabía si aceptar su descarada oferta...

El cínico Cruz Rodríguez cambió ocho años atrás el campo de polo por la sala de juntas, donde sus instintos implacables acabaron convirtiéndolo en un hombre formidablemente rico. Pero surgió una complicación en su último negocio... en la seductora forma de Aspen Carmichael.

Aspen, la criadora de caballos, nunca había olvidado a Cruz... su tórrido encuentro había sido el único placer de su cada vez más desesperada vida. Así que, cuando el deslumbrante Cruz apareció con una multimillonaria oferta de inversión bajo el brazo, Aspen se encontró en un dilema. Porque ansiaba su contacto... ¡pero aquello podía costarle más caro que nunca!

Una oferta descarada

Michelle Conder